沿江·奔流

Yan Jiang Ben Liu

廖江莉　易文　郑格格　——著

江苏凤凰文艺出版社
JIANGSU PHOENIX LITERATURE AND
ART PUBLISHING

沿江 奔流

这是一片梦想照进现实的热土,人人敢于追梦,用智慧和汗水创造一方幸福;这是一个拼搏奋斗的时代,江水奔流,涓滴都努力奔向大海。

沿江 奔流

YANJIANG BENLIU

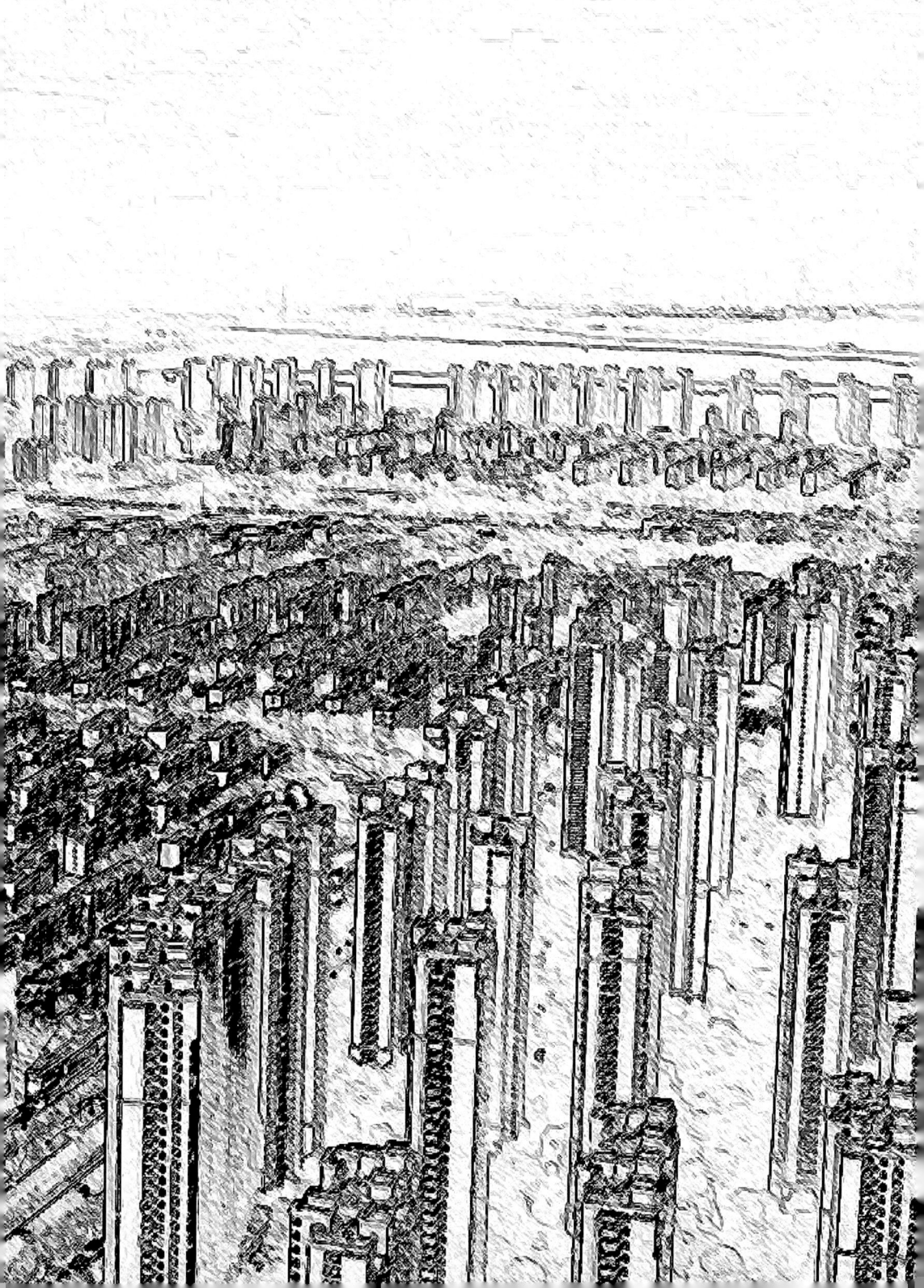

「沿江发展的历史」

1924 年

· 1924年，六合人黄宝林经国民政府批准，开发沿江芦苇滩。

· 1943年，兴建第一条长江堤坝。

1949 年

· 1949年，沿江建立第一个党组织——龙山乡党支部。

· 1950年，在党的领导下，沿江第一次土地改革。

· 1952年，成立沿江乡，隶属六合县葛塘区。

2500 多年前

· 西周时期，沿江地属棠邑

· 秦始皇二十六年（公元前221年），棠邑正式设县。

· 隋朝开皇四年（584年），沿江属六合县管辖。

· 南唐升元元年，六合属于江宁府。

· 清顺治二年（1645年），六合改属江宁府。

2021 年

· 沿江街道已成为经济繁荣、宜业宜居、环境优美的现代街区。

2002 年

· 2002年，沿江改为浦口区人民政府沿江街道办事处。

· 2012年，沿江全面推进"五位一体"建设

2015 年

· 沿江街道划归到国家级新区南京市江北新区直管区。

沿江的地理位置

YANJIANG BENLIU

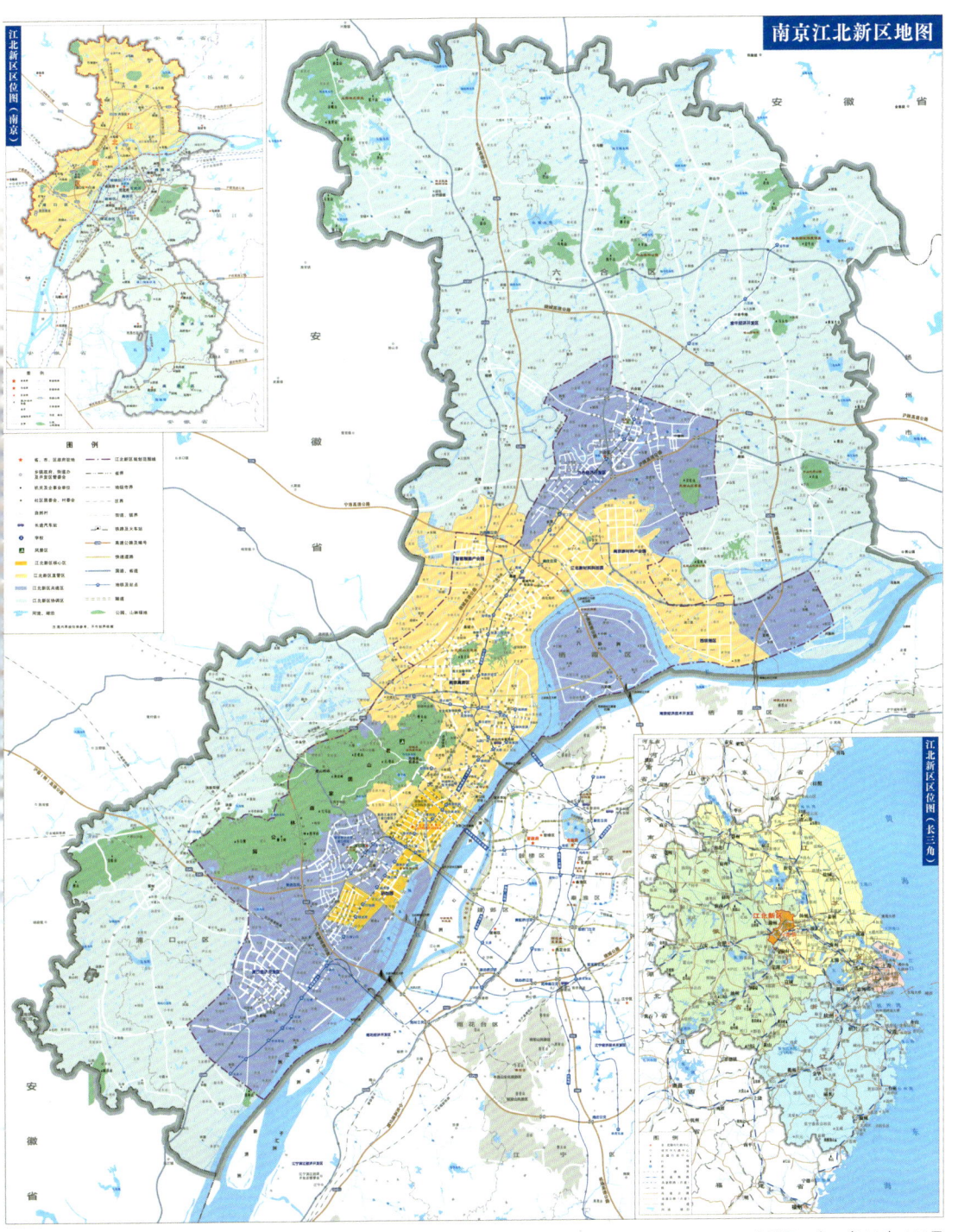

南京江北新区地图

审图号：宁S（2021）013号

序

这是一片江滩上生长起来的城市街区，典型的现代水乡城市风貌，十数条河流穿街而过，风光旖旎。

长江浩荡，沿东南奔涌而过。这个以"沿江"命名的街道的发展，也与长江紧密相连。

历史上的沿江，以水为魂，倚水衍生，肥沃的土地吸引了源源不断的移民来此定居，建设家园，意图幸福的生活。历经百余年，终于造就如今的万千气象。

要问今日的沿江人，幸福是什么？大千世界，茫茫人海，30多万沿江人，每个都有自己独特的感受。

挑大埂的老人们会说，幸福就是冬天里一担一担的石头与泥土，人力筑就的堤坝，护卫着人们最初的土地和家园，意味着来年的丰收和安宁。

在南京白局濒临失传之际，红太阳小学的张自卫在工作之余，将这种传统戏曲带到沿江，从无到有，将白局艺术发扬到新的境界。于她而言，幸福就是历尽千辛，看到孩子们口口传唱的时刻。

夜巡协警陈公林经历过很多危急时刻。在陈公林看来，这样的经历是值得的，看到人民生活安逸，就是他的幸福。

2020年汛情来临，在惊心动魄的一个月中，章灏的幸福就是在巡查途中，和父亲章文明不期而遇，那竟是防汛以来父子俩第一次相见。

……

食一碗人间烟火，饮几杯潮起潮落。幸福常常隐藏在凡俗中，只要用心捕捉，努力经营，平淡的生活自然能收获满满。千千万万的沿江人会从日常生活中、晶莹的汗水里、怀揣的梦想中找到相似的答案。

大时代的背景下，当个人与国家的命运同频共振，小确幸与大时代相融共生，幸福的内涵也变得愈发广博与深刻。

在中国共产党建党100周年之际，全面建设社会主义现代化国家的出征号已经吹响。沿江人民用实际行动宣告：这是一片梦想照进现实的热土，人人敢于追梦，用智慧和汗水创造一方幸福；这是一个拼搏奋斗的时代，江水奔流，涓滴都努力奔向大海。

目录

01 源远 —— 23

洲与山
山河唤起回忆 26
河滩上生长的街区 42

02 流长 —— 47

说唱中的金陵 50
杨柳青,放空竹 60
我这一生,只会卤鹅一件事 66
冯墙饭庄的传奇 71

03 润养 —— 79

沿江一家人 82
长江守望者 90
用心书写爱 98
人总要有所追求 106
一位老人和一条河 110
余热温暖人间 116

04 善治 —— 121

家门口的智慧城市 124

有事就找网格员 132

甘为孺子牛 139

05 潮生 —— 147

我是宋珊珊 150

在梦想的光环下 154

大江潮涌 162

东屋电气：锁定全球梦 168

中昇建机：打破技术垄断 172

南京马勒：创新持续给力 174

南钢嘉华：打造绿色工厂 176

沿江 奔流

YANJIANG BENLIU

沿江 奔流

YANJIANG BENLIU

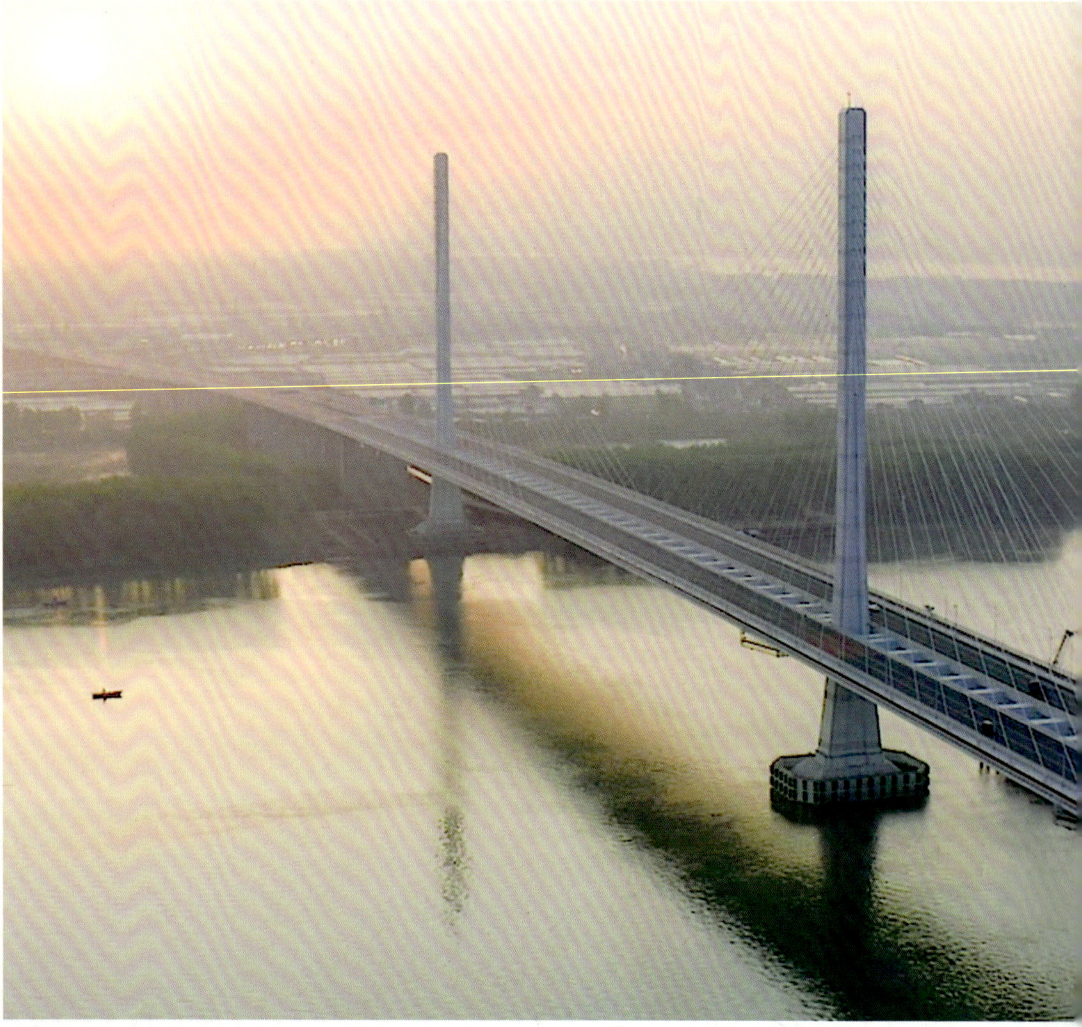

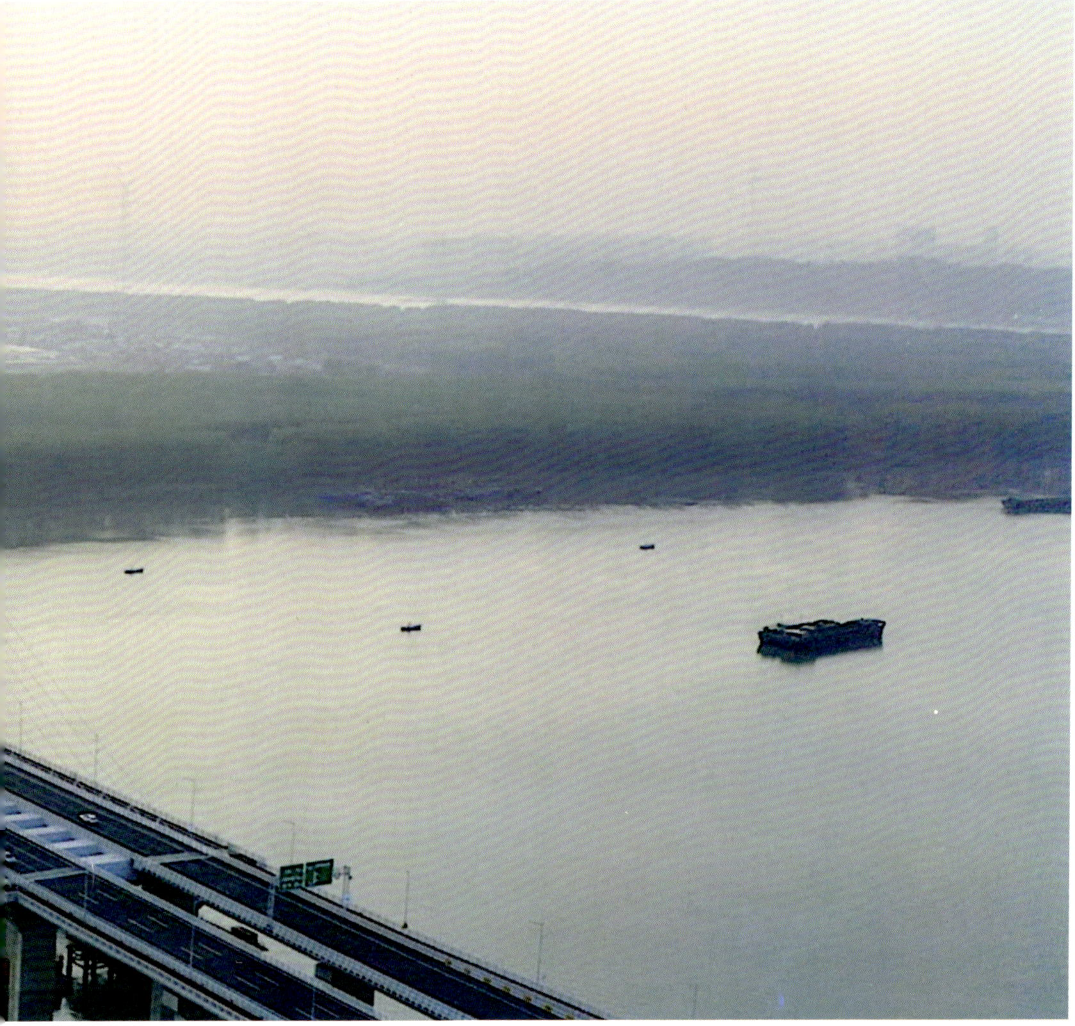

在党的领导下，沿江正阔步走向更加美好的明天

YANJIANG BENLIU

YANJIANG BENLIU

CHAPTER ONE

源
远

第一章

"

　　河流所到之处，便有生命产生。在河岸两边，人们群聚而居，在肥沃的土地上劳作，于是城市在农田环绕地带出现。最早的神话也显示，城市从江河支流获得生命。

—— 美国文学批评家
理查德·利罕

YANJIANG BENLIU

25

洲与山

THE RIVER DELTA AND THE MOUNTAINS

日月摩挲，沧海桑田。直至百年前，沿江还是河道密布、莺飞草长的长江漫滩，一直与历史上繁华的金陵隔江相望。

这里是沿江人的家园。

这片江滩东临长江，南与泰山街道接壤，西以龙王山为界，北则与盘城街道、南京钢铁集团相连。地图上看，沿江与长江相依共生。

在漫长的时间里，这个沿江地带，都是无人居住的江滩。虽是一片滩涂，但它最早的历史，可追溯至东周时期，当时沿江地属棠邑，距今已经2700多年。秦始皇二十六年（公元前221年），棠邑正式设县，汉武帝时，又改作堂邑。

东晋隆安元年（397年），中原之乱，前秦百姓向南迁居，寄居在堂邑，于是更堂邑为秦郡,置秦县。到隋朝开皇四年(584年),沿江属六合县管辖,南唐升元元年(937年),六合属于江宁府。

宋政和七年(1117年)六合属仪真郡。元初,六合属扬州大都督府。明洪武二十二年(1389年)六合改属应天府。清顺治二年(1645年)改应天府为江宁府,六合属之。

民国时期(1924年)六合人黄宝林经国民政府批准,开发沿江芦苇滩,聘用今新化社区、复兴社区、京新社区知名人士出面,到六合、安徽等地招揽农民到沿江砍芦柴,垦荒种地。

中华人民共和国成立后,几经变迁,移民至沿江的人越来越多。1950年,在中国共产党的领导下,沿江进行了第一次土地改革。1952年,成立沿江乡,隶属六合县葛塘区。1964年,沿江人口有8177人。到1984年,沿江总人口达13083人。

2002年12月,撤销沿江镇建制,改为浦口区人民政府沿江街道办事处。2015年,沿江街道划归到国家级新区南京市江北新区直管区,翻开了建设和发展的新篇章。

近十年,沿江街道人口飞速增长,如今总面积37平方千米的沿江街道,下辖京新社区、复兴社区、新化社区、冯墙社区、路西社区、旭日社区、百润社区、龙山社区等11个社区,人口已达31万余人。

这片土地是来自全国各地的人民勤劳建设起来的。近百年如一日,朴实能干的沿江人白手起家,肩挑手提,筑堤开荒,建起美丽的家园。可以说,沿江的历史就是一部奋斗史。

洲区与山区

沿江东临长江，河网密布，17条河流穿城而过。河流所到之处，便能孕育生命。

叶兆言曾写南京："用脑子去设想那些已经完全消失了的历史遗迹，用想象去再现历史的原貌。你甚至可以沿荒凉的江边沙滩漫步，在江边沙滩上看芦苇，获得的独特感受，也许会比逛热闹的夫子庙都好。"

沿江人爱江河，那是人们赖以生息的源泉。河水不论缓流还是湍急，都赋予沿江人无数回忆。

17条河都有自己的故事。长江淤积成滩时自然形成的浅水夹江滩，经过人工开挖清淤、裁弯取直，逐渐形成了今天的穿心河；西起冯墙金庄铁路桥，北至南钢四号岗入长江的石头河，沿江人曾先后四次从石头河中取土筑长江大堤；在干旱年份，缺水的山区还通过排灌站直接提水进入滚水坝上段，流入金庄河供山区灌溉使用……沿江人临水而居，生产、生活与河流密不可分。在江河淤积出来的肥沃土地上，人们辛苦劳作，才有了沿江今天的样貌。

上了岁数的沿江人，还常提到"山区"和"洲区"的说法。山区指的是龙王山余脉形成的丘陵地带，洲区则为长江泥沙淤积而成的江滩平原。

沿江人自古以来更爱山区，那里矿物、植物、动物资源丰富，山本身就是自然食物的获取地。即便有自然灾害，影响也不大，它是人类的退路。沿江山区成长起来的老人们，记起自己的童年时光，那是和四季更迭相处，与植物的兴衰、果实的味道相处，和所有的景色、自然温度在一起的生活。

洲区则是移民一点一点开荒建设起来的。洲区居民不断增加，建立在对长江持续的改造上。曾有老沿江人说，过去山区"看不上"洲区，是有原因的。长江大堤筑成之前，每到夏季，来几场暴雨，大水便漫上滩涂，漫进芦苇搭建的房子里。洲区人民不得不撤离一阵，等水退去，再回来重建家园。

在与大自然的共生和博弈之中，沿江优美惬意的景色让人难以忘怀。常听沿江的老人说，过去村里热闹，不远处的河边和山里却清净，窗外树影婆娑，耳旁虫语鸟鸣。

自然影响着人的心境，规训着人的行为。不论是洲区还是山区，都与大自然离得很近，在这里长大的人，心态都悠然自在。

挑出来的三道埂

如果问沿江人，什么事能代表沿江精神？无论男女老少，都会给你讲起"三道埂"的故事。

在未修建大堤之前，每年汛期，长江必破圩。于是每年冬季，沿江的男女老少都会用扁担挑起泥土、石头，到江边筑堤。第一道埂破圩了，还有第二道，第二道再破，还有第三道。三道埂，就是这样来的。

沿江的埂是一代一代人挑出来的。在沿江老年人的记忆中，当年挑埂的过程艰辛而宏伟，成百上千人挑着担子，青壮年一担能挑200斤，体力略差的女性也要挑

上：陈志远在和年轻干部传授防汛经验

下：陈志远

上百十斤。

　　75岁的陈志远是当年挑埂的一员，他忆起当年："如果长江不涨，能种一季麦子再加一季玉米，如果水涨上来，只能种一季麦子。人的生活就靠这些粮食，而收成就要看长江的脾气。"陈志远还记得，挑埂时人们日出而作，日落而息，一天至少要工作10小时。人们喊着号子，一担一担加固堤坝，为来年的安稳生活做准备。

　　倪合枝1947年出生，因参与编写街道志，知道真正有组织地挑埂是从1952年开始的。1954年，长江水位达10.22米，许多村的农田被淹。这年冬天连降大雪，气温最低达到零下14度。也是这年冬天，12个乡近万名村民、工人挑提筑圩，从此洲区便极少破圩，让农民免受水灾之苦。

　　年年发大水，沿江人对长江却没有一丝抱怨。对老沿江人来说，长江依然是这片土地的生命之源。淹了水，人们暂时撤离，水走了再重新来过。

　　1998年之后，水利攻坚，长江大堤筑成了。从此沿江人再也不用为每年的汛期担心，三道埂也退出了历史舞台。常能看到，老人带着孩子在江边散步，指着远远的土坡，说这便是当年靠人力挑起的大埂。

　　那段历史筑造了坚固的堤坝，也铸造出沿江人吃苦耐劳的脊梁。时至今日，沿江人务实、坚韧、包容与拼搏的精神，依然鼓舞着一代又一代的新沿江人，在这片热土上努力奉献。

沿江 奔流

YANJIANG BENLIU

「山河唤起回忆」

MOUNTAINS AND RIVERS EVOKE MEMORIES

记忆使生命有了厚度，叠加厚度又使生命有了重量。

老人们参与编写了多年的沿江地方志，这里的一山一水，都深深刻在他们的记忆中。回忆起多年前的沿江生活，老人们说："只有山和河是原来的模样。"

YANJIANG BENLIU

胸中有山

  沿江的老人没有不爱龙王山的，那时他们还是少年，山里有着无穷的变化，藏着无数的珍宝。

  河流要走到跟前才能看到，而山始终耸立在那里。在一片陆地上，除了日月繁星、风雨雷电，视觉上最震撼的就是山。中国传统文化中，山被看作权力的象征。

  这些山，都不是偏远的山，而是周围的山。对于平日的生活空间来说，它又是一个外部世界，类似唐代时都城长安与终南山的关系。终南山位于长安城往南15公里左右，是长安人隐居、休憩的圣地。终南山就是长安的外部世界。对于沿江人来说，龙王山也是一个提供着更多可能的外部世界。

  山里出产丰富，山杏、蘑菇、柿子等，一年四季野味不断。山里的动物多么好看，有鸟、山鸡、野兔……那时的人们，和大山交朋友，跟自然交朋友，在山里生活，自有一套丰富的生活系统。

  山不仅是一个现实世界，也是一个艺术世界。唐代王维把退隐山中的心态，定格成了山水画派。到宋代，范宽、郭熙开始画巨大的山水。长卷里的王希孟，江山里都住满了人，《千里江山图》在某种程度上也是千里江山山居图，里面有人的生活，山脚下还有小猫、小狗和樵夫。

  龙王山脚下，也是沿江人耕种、起居的生活日常，如一幅画，在长江水与龙王山的环抱下，生生不息。

  沿江人都知道龙王山的传说。据说当年龙王山一带土地贫瘠，灾害频发，人们无力为神祇供奉香火，于是土地神向玉皇大帝上奏，说此地人民藐视天庭。玉帝震怒，传旨三年不准降雨，以示惩罚。龙王有个小儿子，为当地百姓求情，玉帝未允。小龙王便自作主张，偷偷去当地降了一场大雨，百姓感激涕零。玉帝得知，便派天兵天将捉拿小龙王。

　　小龙王不服，用龙尾将一位镇殿大将军打落凡尘，流血染红了大地，变成了一座红土山。而天兵张虎落地之后也变成了一座小山丘，叫张虎山。小龙王寡不敌众，被雷闪将军劈死，身体变成了一座小山，就是现在的龙王山。人们为了纪念小龙王，还修建了龙王庙，可惜在1941年战乱中，龙王庙被毁。

　　传说流过无数岁月，版本各有不同，张修怀采集了许多版本，这是其中一个。龙王山属于老山余脉，整座山形似卧龙，占地2000多亩，最高峰114米。20世纪上旬，龙王山曾是国民政府林垦部科学实验所的实验林场。当时还建有绿涛滚滚的林场苗圃地，一道宛如绸带的防火隔离带，矗立其间，便是一座配用森林警察的瞭望塔。到新中国成立初期，龙王山绿化完成，山林起伏，草木幽深。

　　今天的龙王山，树木葱茏，成了人们周末游玩的好去处。一条公路盘旋上山，直达山顶，而后从西南侧下山。龙王阁是龙王山景区的最高建筑。登上龙王阁，沿江美景一览无余。

"每条沟我都记得"

　　何家柱一辈子都在沿江生活，对自己家乡的一点一滴都印象深刻，"每座山、每条沟、每条河我都记得"。

他参与协助编写地方志，认为这是自己的责任，"我们热爱这片土地，如果我们不去复述，年轻人都不知道过去发生的事"。

如今，沿江早已成为现代城市的景象，高楼拔地而起，道路纵横。过去的土坡小路也都变成柏油路，原貌早已不复存在。沿江的几座小山，便成了何家柱怀旧的地方。

"我根据山的位置给记忆定位。看到这座山，我就知道这个位置有块田，过去是哪家种的，是什么样子。往东多少米，是个大鱼塘；往西多少米，是我小时候放牛最爱去的地方。"

何家柱家族来到沿江已经100多年了。他还记得，过去一下雨，水从高处流下来，自然形成河沟。这种河沟弯弯曲曲，和人工挖出的笔直的排管渠道完全不一样。

"我从小就喜欢在大自然里待着，自然还意味着丰富的物产、美味，和那种宁静的气氛。"何家柱童年时，没事总在松树林里躺着，听风吹过树林的声音，心里特别美。他还记得，替母亲放牛，牛在田埂上吃草，他在树上躺着睡觉，一睁眼就是蓝天白云。有时不小心睡到了天黑，睁开眼，顿觉星空盖在了脸上，伸手就能揪一颗星星下来。

今天的沿江，现代的建筑、道路与自然形成了一种反差。自然与城市的元素协调地融合起来，也有意想不到的效果。

沿江人就在"两个世界"之间穿梭，安静和喧嚣、快与慢、物质与精神，慢慢达成一种平衡。在现代都市中享受便利与快捷，同时在自然中学会豁达率性，内心走向更为广阔的天地。这二者间的不断转换，是空间尺度上的延展，也是生命尺度上的延展。

YANJIANG BENLIU

晨曦中的长江沿线

茶人记忆

何家湖今天手掌还留着茧,那是当年手工搓茶留下的。69岁的他,曾将生命最大的激情献给沿江那片茶山。

1949年后,江苏省制茶高手于中山陵园,选择南京上等茶树鲜叶,经过多年反复改进,制成"形如松针,翠绿挺拔"的茶叶产品,并定名为"雨花茶",让人饮茶思源,表达对雨花台烈士的崇敬与怀念。在此契机下,沿江在1980年,开始着手办茶厂。

何家湖在村子里的科技队工作,得知要办茶厂的消息,颇感兴趣。科技队的许多人都转到茶厂工作,他也是其中一个。当时茶厂只有80亩茶园,三间破房子,不成规模。1982年,何家湖去市里参加茶叶会议。许多国营茶厂一年订单成千上万。何家湖从未在大会上当众发言,非常紧张,但还是小心翼翼地汇报了自己茶园的业绩:每年生产三斤。人们哄堂大笑。

就是在这样的基础上,何家湖努力学习种茶、制茶技能,得到领导重视。他四处奔波,学习使用各种机械设备。为了省钱,他出差从来是一个人全部搞定。经过5年时间,何家湖带领下的茶厂年产量达到5000公斤。在南京400多家茶厂中,排到了前四名。

何家湖对雨花茶娓娓道来。雨花茶是绿茶炒青中的珍品,也是中国三针之一。最好的雨花茶是细嫩针状春茶,当茶芽萌生至一芽三叶时,清明前十天左右开采直至清明,只选一芽一叶芽叶,采下的茶芽长度为2~3厘来,还要经过杀青、揉捻、整形、干燥、涂乌桕油手炒,每锅只能炒出250克茶。

熟练的制茶师用手触摸锅底，就知道一个大概温度。茶人的双手因常年的高温和揉搓生出了老茧。何家湖说，手工茶滋味醇香，和手的汗液也有关系，促进茶叶内部发生反应，再烫，也不能戴手套。

雨花茶茶色碧绿，香气十分清雅；冲上开水，茶入水即沉，喝一口极为甘醇，齿颊留芳，回味也甘甜。有人尝过何家湖制的茶，惊叹："老师傅您放糖了吗？"何家湖笑，那就是手工制茶的香甜。

2000年左右，茶厂因体制改革而关闭，何家湖最终又回到生产组里工作，可一直难忘制茶，"现在虽然退休很多年，夜里做梦还是茶山上的事，该施肥了，该翻土了。这个情怀跟了我这么多年，恐怕是走不了了"。

像何家湖这样奋斗一生的沿江人还有很多很多，在他看来，奋斗者是精神最为富足的人，也是最懂得幸福、最享受幸福的人。他们就像火把，照亮了来时的路，也照亮了后人的未来。

"河滩上生长的街区"

A STREET GROWING ON A RIVER BANK

从南京长江大桥下来，进入沿江片区，道路敞亮，高楼林立，一派现代城市街区的模样。

如今的沿江街道东临长江，北依龙王山，长江大桥、江北大道快速路、浦仪公路、地铁3号线、S8号线等穿境而过，区位优越，交通便利，是南京江北新主城建设的重要板块。

沿江城市化进程日新月异，社会事业也得到蓬勃发展。回顾1949年前，沿江地区多数人家的住房是仅能遮风避雨的茅草房、芦柴棚，村庄杂草丛生，畜禽无圈。黄泥土路，晴天一身灰，雨天两脚泥。

中华人民共和国成立后，越来越多的移民来到沿江，农村经济不断发展。20世纪80年代后，农民建房普遍以楼房为主。到2007年，居民小区内的独栋小楼已成片建起，人均住房面积大大提高。

2015年沿江划归到国家级新区南京市江北新区直管区之后，整体城市风貌发生了很大改变。沿江在经济发展上坚持创新引领，积极谋求转型升级；富民增收上聚焦服务惠民，提升群众获得感幸福感；美化环境上立足以人为本，打造宜居宜业新家园；涵养文明上强化基层治理，营造向上向善的氛围。城市建设和居民生活有了显著的提升。

家，是沿江街道另一个更柔软的称谓。

历史新机遇

在一带一路、长江经济带、长三角一体化建设等国家战略指导下，国家级新区、江苏自由贸易区南京片区、省社会主义现代化建设试点区等政策叠加，沿江迎来了千载难逢的历史机遇。融入新区后，沿江街道紧扣江北新区三区一平台、两城一中心的战略定位，跟随江北新主城建设，朝着共享、和谐、幸福的新沿江建设目标迈进。

2015年以来，沿江街道启动全域性拆迁，城市化进程的加速对城市建设提出了新挑战。为了适应老居民对城市硬件的要求，街道建设在美化形象、补齐功能上下足功夫，推进了民生工程、环境整治、骨架路网不断优化提升，建设趋向精细化。沿江人都深有体会，沿江的城市形象正在逐年大跨步优化。

拿2020年举例，沿江街道始终践行新发展理念，护牢根基，签约项目投资总额34.79亿元，新增瞪羚企业3家，居民人均可支配收入达6.56万元，实现经济逆势上扬。

街道兜住安全底线、筑牢防线，治理地质灾害风险点11处，推进高层建筑消防、建筑安全隐患等各类安全专项整治，全力抗击新冠肺炎疫情和夏季汛情，留下了许多感人的先进事迹。

街道积极回应民众诉求，补齐短板，改善民生，新建3个3A级社区居家养老服务中心和1个社区残疾人之家，新建7所公办幼儿园，幼儿公办惠民率跃升至94.5%，入园难、入园贵等问题初步得到缓解。

目前，街道投资1.6亿新建天华东路3所公办幼儿园，建成全市首家包含11台自助终端设备机、30个办事窗口，集公安、便民事项等多项功能区为一体的现代化为民服务中心。

网格工作也将继续升级，融城市管理、公安、社工、网格员、物业、社会组织、志愿者等各方力量于网格，形成联合解决问题的闭环机制。

打造软实力

在"强富美高"新江苏的建设中，社会文明程度高既是经济强、百姓富、环境美的综合体现，也是最终的落脚点。沿江街道不断探索社会治理新模式，提高社区软实力。

各种各样的志愿者服务队应运而生，每天都会在社区内进行巡逻，从脏乱差小区、传销泛滥小区变成如今的自治组织优秀小区、无传销示范小区，党建引领下的360全要素服务网治理新模式在沿江街道已初见成效。

街道还创新创建了"红色物业"，在市场化的物业企业中嵌入党组织，其实质在于通过党对物业服务企业的政治引领，在"党建+网格+物业"上破题。目前全街道已建立68个网格党支部，把党组织沉入小区，打造居民、支部、物业管理共同体。

涵养文明之风，治理是一方面，还需要文化的浸润。沿江街道积极构筑文化高地，增强文化自信。近年来，街道开展各类文化活动，吸引居民积极参与，并在多个媒体平台上同步报道，产生了良好的社会影响。

CHAPTER TWO

YANJIANG BENLIU

流长

第二章

"

每一次技术革命都让我们以为新的时代到了，而正是在这种剧烈变化的时代，我们才特别需要去关注那些300年甚至3000年都没变的东西，那才是城市的初心。

—— 中国城市规划设计研究院原院长

李晓江

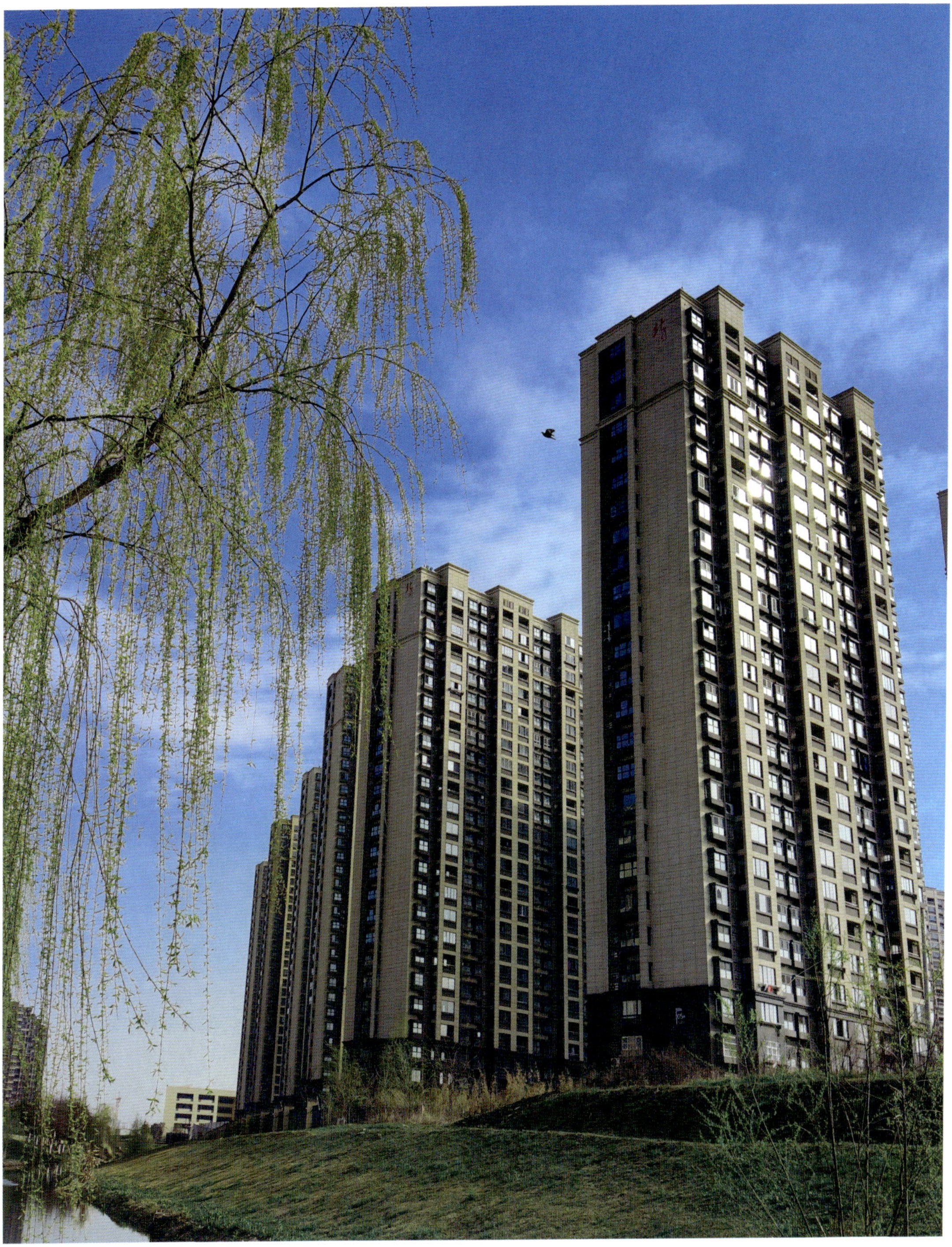

"说唱中的金陵"

JINLING IN THE RAP

张自卫是地地道道的南京人,语调亲切,加上曾学过美声,声音十分爽朗响亮。

上大学之前,她从未真正思考过,说一口南京话对她来说意味着什么。直到大三那年,学校开设地方戏课题,让学生回到家乡寻找地方戏曲。就这样,张自卫发现了白局,重新认识了南京话,某种程度上,也改变了她的命运。

如今的张自卫,是红太阳小学的副校长。她将白局艺术带到沿江,从无到有,一手打造出白局传承、创新和教育的完整体系,将南京白局艺术发扬到一个新境界。

上：白局服装
下：白局乐器

故乡语言开出的花

作为南京最具地方特色的戏种，白局是完全以南京话为基础的方言说唱艺术。

历史上，金陵雅言以古中原雅言正统嫡传的身份被确立为中国汉语的标准音，深远地影响着中国语言形态。六朝以来，因汉人文化上的优越意识，清代中叶之前历朝的中国官方标准语均以南京官话为标准。

而白局之所以能在南京产生，也与当时南京的经济繁荣，织造业高度发达有着密不可分的关系。白局最早就产生在南京云锦的织造坊里。

南京云锦是传统丝织工艺，历史可以追溯至东晋年间。云锦色泽光丽灿烂，代表着中国丝织工艺的最高成就。直到乾隆年间，云锦依然是南京的支柱产业。鼎盛时，江宁织造署有3万多台云锦织机，有织工30多万人。

织锦工人在机械、枯燥的劳作中，两人一唱一和，用哼唱民间小曲儿的形式驱散烦闷。久而久之，大家都觉得在机房里唱不过瘾，于是在外面摆桌，给人演出。演出并不收费，于是有"白摆一局"的说法，简称白局。

南京味儿十足的白局，因语言幽默诙谐，深受百姓喜爱，在清代就走出织锦房，在民间流传开来。元曲曲牌中的"南京调"是白局的古腔本调，随着艺人们的不懈努力，白局的唱腔越发丰富，也吸收了许多不同的曲调，所以又有"百曲"之称。清代之后，白局这一艺术形式渐渐衰微。

就在白局濒临失传之际，张自卫找到白局国家级非遗传承人黄玲玲，向她学习了几个白局段子。虽然最初只是为了完成学校的课题任务，没想到这几个段子让她爱上了白局。

张自卫讲起黄玲玲，满怀敬意。黄玲玲一生与白局相伴，从幼时初识白局，进

红太阳小学的孩子们在演绎白局

入剧团，至今年逾古稀，仍坚持白局的保护和传承工作。黄玲玲坚持自打自唱的形式，即使经历剧团离散的艰难阶段，也从未放弃对白局的热爱。那些年代，她和同门一起整理白局的曲牌和曲目，将白局从即将失传的状态下挽救回来。

张自卫依然记得，黄玲玲在谈起重新编纂白局曲集时说："我们没有谱子，曲牌是老师口口相传的，白局的曲子都在白局人的肚子里。"

让白局活在生活里

大学毕业后，张自卫回到南京。彼时沿江红太阳小学刚刚建成，她来到这里，成为一名音乐教师。新学校鼓励特色教育，给了老师们许多教育创新的空间。

张自卫看到了机遇。这些年她从未间断白局的学习，遂萌生出将白局带进小学课堂的想法，并得到校长的支持。

2011年1月，张自卫正式向黄玲玲拜师，进行白局的系统学习。在繁忙的工作之余，她每周去黄玲玲家学习，周六排练，周日则在甘熙故居演出。那几年，她学到什么，就回来教给学生。学校每个年级一周有一节白局课，选拔出的优秀苗子，则可进入白局社团。开展白局课程一年后，红太阳小学的白局演出就获得南京市少儿文艺团队大赛的金奖和创作奖。

张自卫和学校老师一起，编写了第一版白局教材，红太阳也成为全国唯一一个有白局校本教材的小学。随后，她又带领老师们，将德育、美育和文化历史素材与白局说唱技能结合在一起，升级了唱词，拓宽了教学方式，唤起孩子们在白局学习中的文化共鸣。

沿江红太阳小学

  令她开心的是，孩子们在白局中学到了技能、知识，还乐在其中。沿江外来人口很多，班级里很多小孩不会说南京话。张自卫要花许多时间来教语言，帮助他们融入南京本地。学白局，做新南京人，也让孩子们更有归属感。

  她印象很深，曾有个福建小孩，福建话H、F不分，唱词时常有错误。张自卫从不打断他，任他唱。她花了比其他学生多三四倍的时间，逐字逐句调整发音，直到孩子完全学会为止。

  她鼓励所有孩子勇敢上台表演，"每个小孩都有自己的特点，有人擅长唱，有人擅长说，有人擅长表演，但也各有弱点。我想帮助他们提升短板，让每个人都能走到前面唱一段，做个小主角"。

  白局唱词风趣，又贴近生活，孩子们很喜欢。唱的又是身边事，是孩子们亲耳听到、亲眼所见的内容。最早，红太阳小学的孩子们只是学习黄玲玲那里传来的传统剧目，后来张自卫根据古老曲牌，结合现代文化，进行了新的创编，爱家乡、志

张自卫老师上白局公开课

愿服务、爱护小动物、环保等主题都被她写进了唱词。

张自卫也鼓励孩子们自己创作唱词，哪怕只是一两句或者一两个曲牌段子。她发现孩子的想象力是无穷的：到弘扬广场玩耍、喜欢的游戏、心情和感想、同学之间的小故事，都能写成唱词。这些生动的小段子拿到课堂上读，会引发孩子们强烈的兴致。孩子们一人一个小碟子，就能唱出来。

功夫不负有心人，经过多年发展，红太阳小学的白局传承在全国也有了一定影响力，2020年还获得国家非遗进校园的创新金奖。

张自卫在传统白局基础上的改良与创新，以及在教学中的推广传承，在一定程度上挽救了白局衰败的命运。

有一次，张自卫带着学生游学，坐在游船上，穿过秦淮河上的一座座小桥，听导游念着桥的名字，学生们非常惊喜——那是白局《南京小桥》中唱过的。游船一路划过去，孩子们一路唱过去。

这是张自卫最开心的时刻。白局这样复活了，它充满活力，成了孩子们日常生活的一部分，这便是传承的意义。

南京白局《石榴籽儿抱起来》剧照

白局《王瞎子算命盐》剧照

「杨柳青，放空竹」

YANG LIUQING, PUT DIABOLO

偌大的草坪上，十几位头发花白的老人身着红白相间的传统服装，手中的大小空竹上下飞舞。他们熟稔地提、拉、抖、盘、抛、接，脚下时而走动，时而跳跃，时而俯仰，时而转动。每个人都专注地与空竹共舞，仿佛外面的世界不存在。

在沿江，年长的人群几乎都知道姚正军这支空竹团队，每年庙会、春节和元宵节，各种各样的活动中都能看到他们的身影。姚正军带领团队数次登上了南京电视台的节目，获得了不少荣誉。

"这个动作叫绕花线……这个叫鱼跳龙门……这个是捞月和赶花猪。"姚正军一边介绍，一边将运动中的空竹向左手边甩去。他的动作看似简单，却是多年的训练结果。手腕轻抖，空竹上下翻飞，嗡嗡声嘹亮而悠远，像是大自然发出的声音。

空钟，地铃，闷壶卢

2006年，抖空竹就被列入第一批国家级非物质文化遗产名录。它在中国大地上流传的历史，有1000多年。

据说抖空竹最早可以追溯到三国时期。《水浒传》中，宋江受命征讨方腊，看到有人在玩胡敲（也就是空竹），便赋诗一首："一声低来一声高，嘹亮声音透碧霄。空有许多雄气力，无人提挈漫徒劳。"

到了明代，有本记录北京风景、民俗的书《帝景景物略》，就有童谣唱道："杨柳儿青，放空钟。"当时说的空钟，就是空竹，在全国已经流传甚广，民间有许多形象的称谓，比如北京人叫抽绳转，天津人叫闷壶卢，还有些地方叫地铃。比如李家瑞的《北平风俗类征·游乐》中就有："京师儿童玩具，有所谓'空钟'者，即外省之地铃。"

空钟也好，闷壶卢、地铃也好，都是玩具。到了清代，对空竹的记载越来越

姚正军（上中）与孩子们

多，是人们喜爱的游戏。当年的空竹形制大多分为单轴和双轴两种，轮和轮面是木制的，轮圈则是竹制。空竹上有哨孔，那便是旋转时发出嗡嗡声的原因。

将这份热爱传承下去

姚正军热爱抖空竹，他认为抖空竹不仅强身健体，能治疗颈椎腰椎病、肩周炎，还非常好玩。不论是单轮、双轮，长杆、短杆，还有盘丝的空竹，姚正军和他团队里的老人们，抖起来都有几百个花样儿。他对这门技艺充满自豪。

"学习这门技艺，前提必须得热爱，还得有恒心和毅力。长时间不间断地练习、切磋，才能把一个个套路完美地表现出来。"即使团队里大部分人已经六七十岁了，除极端天气，大家都每天准时出现在训练场地。

姚正军是从2005年开始爱上抖空竹的。当时是因为肩周炎，整日疼痛难忍，尝试了许多体育运动，还是最喜欢抖空竹。简单一提一拉，肩膀很快就开始恢复。

他慢慢影响了许多周围的居民，聚集起十来位退休老人一起训练，相互交流。

这个空竹团体越来越有凝聚力和影响力，姚正军没有想到。他作为领头人，给这支团队起名"君恒空竹文化坊"。他们开始不满足于传统空竹表演，在技艺和空竹形制上进行了大胆创新，还联系生产厂商定制新型空竹，满足表演需求。比如原始空竹没有轴承，能做的套路有限，改进后空竹有了轴承，能做出许多新套路。

除了日常可见的普通空竹，他们还会使用电子空竹、盘丝空竹以及竹制、木制、工程塑料、金属、橡胶以及这些材料复合组成的空竹。多层和宝塔型等异形空竹也像雨后春笋一样出现，让这个传统技艺有了无数新的可能。

团里的空竹表演很有特色，用姚正军的话说，是"大、多、长、高"。空竹的体型大，一支杆上能玩起的空竹多，空竹像鱼竿似的一节节挑起来高达18米。在江苏省春节联欢晚会上，姚正军团队使用的最大一只空竹直径达到78厘米，重量超过10公斤。他们设计的"孔雀开屏"，一支杆上有12~14个空竹，如同杂技表演一般。

团里每位老人说起抖空竹来都精神抖擞，恨不得把自己会的套路全部表演一遍。拥有这样的热情，只因热爱。姚正军说，至今这个空竹团体还得让大伙儿贴钱来运营。

为了将空竹技艺传承下去，在街道相关部门的帮助下，姚正军的空竹文化坊编写了一本空竹教材，让空竹走进校园。姚正军和团里几位有余力的老人，每周在社团班和团体课上教孩子空竹课程。出乎意料的是，孩子们竟然非常喜欢。

"只要是课间，我都会拿着空竹玩一会儿。"常有小学生和姚正军反映。对于这些热爱空竹的老人们来说，这是传承最好的回声。

姚正军在给孩子们上抖空竹课

空竹团里的老人们正在表演

「我这一生，只会卤鹅一件事」

THERE'S ONLY ONE THING I KNOW
HOW TO DO IN MY LIFE

  早就听说沿江有一家专做卤鹅的店，名叫"朱以高老鹅"，沿江人口口相传，慢慢成了当地的美食招牌。

  那鹅肉做得有多好呢？人们说，门前从早上就有人排队，十米外都闻得到鹅肉的香。美食是个神奇的东西，无须论证，吃一次觉得好，就必然会去第二次。也不用打广告，因为任何一种广告，都不如当地人的好口碑。

朱以高

　　对吃货来说，寻找美食要怀着朝圣一般的心情，途经的林立高楼也成了这条朝圣之路的见证。这条路在一个小区门口戛然而止，朱以高老鹅居然只是江岸水城小区一排商铺中的一间。

　　中午1点，这家不起眼的小店还没开始下半场营业，门口已经陆续有人排队了。大家知道这家店每天只供应数量有限的鹅，来晚就售罄了。队伍里不少是老顾客，给第一次来的朋友传授着老鹅的吃法：这个鹅紧实而不肥腻，火候恰到好处，不软烂但又入味；一顿吃不完，要冷藏起来，但绝不要再加热，而是将料汁煮沸，淋到鹅肉上，加一点温，又不破坏鹅肉的质感。

　　新顾客一边听着一边咽口水，一边热切地望着这扇不起眼的外卖窗口。人们期待食物时的眼神总是充满天真，这份天真承载着对生活的热爱。

　　此时，店老板胡师傅开门迎客了。

两代人的传承

　　铺子一层是工作间，二层则是一家人的居住空间。满屋的鹅肉香气让人垂涎欲滴。

　　2007年，胡师傅从前辈朱以高老先生手中接下这间店铺和制鹅秘方时，他还只是朱以高的供货商。朱以高是复兴社区的老居民，1984年开了这家老鹅店。他每日骑着自行车，从附近农民家里收鹅。为保证鹅肉的新鲜，一天只做一二十只，再多，就怕剩下。他的宗旨是，宁可少赚钱，也绝不卖品质不过关的鹅肉。

开卤鹅店，最紧要是懂得如何选鹅。朱老对鹅的品质有严格的要求，必须是吃粮食和草长大的草鹅；鹅的生长过程要自然健康，不圈养，能满山跑；还要保证鹅的生长周期在130-150天之间，肉质才能达到标准。这些严苛的要求，当年还是供货商的胡师傅都能满足他。

胡师傅诚实厚道，勤奋好学，朱以高在年迈之时决定将制鹅秘方和这间已打出名声的店铺传给他。朱以高常说，这么多年只带过这一个徒弟，最打动他的还是小胡的人品。

胡师傅承袭这家店铺，跟着朱老学习了一年手艺。朱老正式把店铺交给胡师傅的那天，叮嘱他两件很简单的事：一是要保证鹅的品质，二是要保证店铺的卫生。时至今日，胡师傅仍坚守朱老的教诲，他谦虚地说："我一直在模仿，从未超越（朱老的手艺）。"

胡师傅的一天

经营一家餐饮店并没有想象中悠闲，它甚至比一般工作更需要自律和忍耐。

胡师傅的店从腊月二十八到二月龙抬头休息一个月，年年如此。其他时间除非大事，从未休息过。连续十多年，胡师傅和妻子都是五点钟起床，五点半开工，从未耽搁过。

胡师傅总是在当天下午卖完所有鹅肉后，驱车前往安徽滁州——这是他的货源地，往返需要两小时。他也曾从全国各地寻找过不同的鹅，每样尝试制作，都不如这种鹅地道好吃。

南京紧挨着农业大省安徽，那里田多地广，适合饲养家禽。冬天鹅在田地里跑，夏天则在林地里纳凉。瞄一眼地上跑的鹅，胡师傅就知道是草鹅还是饲料鹅：草鹅鹅掌和鹅嘴是橘黄色的，饲料鹅则是肉红色；还要看鹅的羽毛，漂亮而丰满的，才是生长周期足够长的。生长周期80天的鹅有"嫩气"，肉质不紧实，也不够香；超过150天的鹅又"老气"，吃起来太柴。胡师傅说，好比人的皮肤，20岁和60岁，差距还是很大的。

每天，胡师傅会精挑细选三四十只鹅，处理完放上冰块保鲜，尽快开车带回。即使鹅已经杀完、清洗完，到家后胡师傅依然会再次逐只清洗，自己拣选一遍，再精细地拔一遍毛。双手长年累月泡在水里，胡师傅手指粗大通红，但这一步必不可少，用他的话说，必须要上手才知道鹅好不好。

第二天早晨五点，胡师傅便开始热锅煮鹅。那只巨大的铁锅是当年朱以高师傅留下的，一次能煮30只鹅。多年来，卤鹅唯一的变化是，过去烧柴火煮，现在换成了燃气。

水烧开，鹅放进去，秘制调料早已配好，多少只鹅、多少水、多少比例的调料，就是卤鹅的秘密。不太老的鹅，一两个小时就能卤好。略老一点，则需要延长烹饪的时间。

九点左右，第一锅鹅就出锅了，香气弥散。窗口前，除了盛鹅的深锅，还有几个盘子，分别放着鹅的不同部位，鹅肝、鹅胗、鹅掌和鹅翅。转角处一个厚实的银杏木菜板，经年累月使用，被砍出了凹槽。

顾客开始源源不断出现在窗口，胡师傅的儿子负责卖货。家里人多，可以买整只或半只鹅；人少，人们会选择买鹅四件，两个翅膀两个脚。料包单独一个小盒，吃时再浇进去。

中午之前，鹅已经卖得差不多了，胡师傅开始做第二锅卤鹅，为供应下午的顾客。一般卖到下午三四点，鹅肉就全部售罄。歇一会儿，胡师傅又得开车去滁州选鹅了。

一生只做一件事

在很多人看来，传统工艺是一种艺术，但对于制作者来说，那就是他们的寻常生活。朱以高老鹅的传承者胡师傅性格幽默爽朗，笑言自己这辈子只会做鹅。

在人人都想暴富的年代，胡师傅明知卤鹅供不应求，却不愿开设分店。他曾去考察过中央厨房的操作方法，发现那种模式会让鹅肉的口味大打折扣。盲目扩张要以降低品质为代价，胡师傅不愿付出这个代价。

"我只能做这么大，也只想做这么大，我就保持这个手艺，把这件事做好，就算对得起顾客了。"他说生意再好，门口排再长的队，也要给同行活路，"长江水要大家喝，一个人喝胀死了，喝得完吗？"

朱以高老鹅屡次获奖，胡师傅的店也吸引了不少媒体采访。比起各种荣誉，胡师傅更在乎顾客的喜爱，"这家鹅，方圆十里做得最好"。

正巧一位驱车一个多小时专程买鹅的老主顾来了。这位老主顾在2007年胡师傅刚刚接手这家店时就来买鹅，跟胡师傅早已熟识。他记忆里当初店门口还是一片农田，如今沿江面貌大变，现代化楼宇林立，但老鹅还是不变的味道。

"冯墙饭庄的传奇"

THE LEGEND OF FENG WALL RESTAURANT

  有个说法，没来过冯墙饭庄，就不算真正了解沿江。冯墙饭庄是沿江有名的老字号饭店，很多沿江人在重大节日、婚丧嫁娶之时，都会在这里摆上几桌。

  为打响冯墙饭庄的品牌，刘朝金已经奋斗了近30年。从1993年竹片搭建的餐厅，到2019年注资千万建成的大饭店，冯墙饭庄已然成了沿江餐饮界的传奇。

从竹屋到大饭店

1991年,刘朝金从安徽来到沿江。彼时的沿江还只有几万居民,在供销社负责农副产品采购,是刘朝金事业的开始。

供销社慢慢不景气,一直亏损经营。为了扭转局面,刘朝金想了许多办法。他注意到街面上店铺寥寥,零星有几家小吃铺,一家像样的饭店也没有,于是他率先承包,开了沿江第一家像样的饭店。

这家饭店最早叫竹屋饭店,至今仍在《沿江街道志》中占有一席之地。沿江盛产毛竹,刘朝金就曾做过毛竹销售。他灵机一动,就地取材打造餐厅主题。毛竹不仅价格低廉,还具有沿江当地特色,他和工人们一起将毛竹片开,一片片贴在墙面上,"竹屋饭店"的名字就来源于此。餐厅约400平方米,在竹片装点下新颖别致,受到沿江居民的喜爱。

没过几年,刘朝金扩大了经营范围,又开了一家冯墙市场,配套有树屋超市、邮局和冯墙饭庄,一直红火经营到2018年,又经历了一次拆迁。刘朝金没有过多考量,就将手头资金投入到新的饭店建设和装修上。

今天的冯墙饭庄有了新的名字:龙宴楼。它早已不是当年竹屋饭店的样子,改头换面之后,可以用富丽堂皇来形容。进入餐厅,一步一景,可以琢磨。小桥流水分隔出条条小径,顺着小路走进去,时而听到树上的虫吟鸟鸣,时而听到脚边流过的潺潺流水。再往里走,穿过石桥,餐桌用帷幔相隔,给人以私密空间。树影桃花之间,红色的灯笼、油纸伞形状的彩灯,让整个空间琳琅满目。

刘朝金对龙宴楼的装修下了很多功夫,拆迁款不够,自己又贷款1000多万,将这处饭店打造出他喜欢的古色古香的效果。

龙宴楼特点美食

执着于味

从竹屋饭店至今,刘朝金的饭店生意一直很好。"无论饭店装饰成什么样,味道才是它生存的根基。"

刘朝金是个厨艺爱好者。早年,冯墙饭庄的特色美食大多是沿江本地的家常菜。刘朝金说,南京人爱吃芦蒿是有名的,不仅爱吃,也知道怎么吃才能吃出芦蒿的好,当地有"荤有板鸭,素有芦蒿"的说法。在过去,开春后春风醉人,新长出的芦蒿碧绿清香,脆嫩爽口,就是素炒也好吃。特别讲究的,一斤芦蒿挑三拣四只留最好的二三两杆儿尖吃,剩下的都扔了。普通人家,还会把芦蒿晒干后烧腊肉。

沿江人爱吃马兰头,也是早春时节,掐一把鲜嫩的马兰头,淘洗干净,开水焯一下,加上调料和豆腐干丝,滴几滴香油,拌一下,吃一口下去,像吃了一口春天。刘朝金说,他更喜欢马兰头烧肉,晒干的马兰头烧出的肉,是记忆中的沿江味道。

这些民间土菜,是刘朝金餐饮的起点。因为地处水乡,他也研究鱼的做法,各种时令鲜鱼,清蒸、红烧的做法都有。还有鱼头捞面,那料汁是刘朝金店里的秘密,这几道菜20多年来都是他店里的招牌。

沿江人和冯墙饭庄的缘分是一点一滴积累起来的。"过去农村家里都是自己制作豆腐。人们会跟我预订,拿脸盆来打一盆豆腐带回去。我们做的馒头也很多人喜欢,用发面头来做,口感和味道绝对不一样。"

沿江人更多说起的是冯墙饭庄的包子,掰开一看,里面是常见的包菜、胡萝卜,材料没什么特别。过年沿江人要吃蛋饺,过去都是家里做,现在人们更愿意在冯墙饭庄预订。老居民说，不为别的，冯墙饭庄做出了家的味道。

刘朝金也不满足于传统菜式，不断推陈出新。过去厨师手艺简单，用很简单的操作方法处理食材，为了下饭，口味略咸。如今食客更讲究色香味全，营养健康，摆盘也要越来越精美，配菜要不断变化。

刘朝金专门成立了一个研发部门，每周一下午，他都会抽两小时与主厨开会，钻研新的菜式。拿最简单的鱼头来说，他们开过无数个会，研发出鱼头捞面，到鱼头豆腐再到鱼丸的做法。后来灵感一现，又研发出一道"鱼羊鲜"，将鱼肉和羊肉烧在一起，无数次尝试之后，他们用羊肉吊汤，用汤汁来烧鱼，将两种鲜美表现到最好。

他对于味道的痴迷，持续了几十年。一道简单的红烧牛肉，别人却也烧不出冯墙饭庄的味道。刘朝金说起菜谱来两眼放光，不时吞咽口水，说这道牛肉之所以好吃，是因为烧牛肉不加水不加盐，牛腩洗干净，放生姜焯水，砂锅放油、生姜、牛腩，抄一抄，加生抽。不加水，但加特制料酒，以及冰糖和醋，直到炖好为止。这样做出来的牛肉松软好吃，又将香气凝聚在砂锅之中。

刘朝金和主厨这些年来的饮食理念也不断提升，还学习了营养学课程，试图用低油低盐低糖的健康理念做出一道好菜。

百年老店之梦

烹饪技巧与食客观念的进步,背后是沿江向着更高阶的城市文化进步的缩影。

刘朝金总说:"沿江是我的福地,我感谢大家支持我。"有很多老顾客从竹屋饭店时就在这儿吃,现在仍在这儿吃,很多人都成了老朋友。每到周末,南京城里很多人也会慕名而来。

他一步一步见证着沿江的发展:"我开第一家店的时候,就一条街,有供销社、粮站、派出所、政府,对面是十几户人家。如今沿江几十万人,餐饮从竹屋饭店唯一一家饭店,到今天遍地饭店。"

在刘朝金看来,沿江人质朴能吃苦,而且包容,"很多人从外地迁过来,不奋斗就没法给自己一个好的生活。大家都团结,为什么那么多外地人都在这儿立足了?因为本地人不会欺负外地人,新来的人很快就能融入进来"。

从竹屋饭店、冯墙饭庄到今天的龙宴楼,刘朝金在饭店里营造出一个梦想,一个传统的中国。给沿江百姓提供品质不变的美食,是他热爱的事业。

他有个终极梦想,把菜做好,把服务做好,将冯墙饭庄做成一家百年老店,成为真正的沿江传奇。

YANJIANG BENLIU

CHAPTER THREE

润养

第三章

"

一座城市的人口构成会告诉你，它能够为居民提供什么。

—— 哈佛大学经济学教授
爱德华·格莱泽

YANJIANG BENLIU

「沿江一家人」

ONE FAMILY ALONG YANJIANG

　　沿江人来自五湖四海，今天居住在沿江的30多万人口中，外来人口占大半比例。不论谁来到这里，都能深切感受到一种特殊的社区气氛，管理者和居民之间，商家和顾客之间，邻里之间，相亲相爱，互帮互助，这是人们愿意来此安家的重要原因。进了家门是小家，出了家门是大家，浓浓的人情如春风拂面，沁人心田。

保一方平安

陈公林身强力壮，眼神锐利，讲起话来英气逼人。这位老人已经在冯墙干了30年协警。他1984年当兵，1989年退伍，1991年来到冯墙派出所，辗转几次调动，又回到社区负责治安工作。

陈公林的父亲生于冯墙，他也生于冯墙，用他的话说，祖孙三代都守卫着沿江。

2011年，陈公林是冯墙的夜间巡逻员。他在家附近的小饭馆吃饭时，听到旁边有人议论，一个小学生模样的小姑娘，每天放学来这里帮忙端盘子，饭店就给她一碗饭吃。

他很奇怪，便向人打听，循着人们的指引，找到村子里一家农民的出租房。那是当年很常见的农民自建房，租客什么人都有，鱼龙混杂。

就在这样的一间出租屋内，陈公林找到了那个小姑娘。打开房门，房间里又脏又乱，大冬天床上只有一张薄薄的棉絮，一条电热毯，门上连把锁也没有。角落里放着一个电饭锅，想必吃食都是用它做出来的。一问才知，小姑娘父亲离异后带着女儿来沿江街道打工。后来父亲去常州工作，再婚，便把小姑娘一人丢在沿江，每月给些生活费。

陈公林看得心里发紧，眼前的小姑娘比自己的女儿还小两三岁，生活处境如此艰难，他实在于心不忍。为安全起见，陈公林立即买了把锁，给她的房间装上。即便如此，陈公林还是不放心。他每天晚上都要来看看，到出租屋敲敲门，小姑娘要在里面喊一声"没事"，他才离开。

陈公林把这个情况报告给当时"蒲公英"负责人，时任沿江街道妇联主席的高如萍。因为沿江外来务工者较多，也有不少流动儿童。父母忙于打工，这些孩子像无根的浮萍，缺了关爱。街道妇联成立了一个名叫"蒲公英"的社会组织，默默做了很多事，让孩子们感受到来自家庭之外的温暖。"蒲公英"的志愿者们第二天就来到出租屋，给小姑娘送来冬天的厚被和衣物，还把房间打扫干净。

小姑娘还未成年，想让她过上正常生活，就必须找到她的父亲。陈公林无数次拨打小姑娘父亲的电话，却从没接通过。有次听说她爸爸回来了，他和几个志愿者跑遍了街道的旅社，还是没找到。又过了好一阵，听说他到学校交学费，陈公林闻讯立刻叫上街道、妇联、片警和志愿者一起赶到，才找到她爸爸。为了劝说他回来跟女儿一起生活，陈公林还为他找了一份保安工作。虽然对方最终拒绝了这份工作，但还是决定把女儿接去常州，过正常孩子的生活。

时隔多年，陈公林依然挂念着这个小姑娘。最新的消息是，她考上了中专，毕业后找了一份不错的工作。某种程度上，陈公林给她苦难的童年，增加了一抹暖意。

这些年，陈公林帮过的人不少，协助抓捕的罪犯也不少。冯墙人都记得，2006年，敬老院夜里发生了抢劫案，当时的民警找来陈公林帮忙。

夜里11点到1点间，附近工厂有很多人下夜班，敬老院外一座小桥，是这些下班人的必经之路。陈公林在这里等了一天，没有守到。

第二天，同样时间，200米开外看见个人，就开始跟着。当他上了桥，陈公林便问：你干吗的？对方答：我捡烟头的。陈公林又问：你从哪儿来？对方答：网

陈公林

吧。陈公林说，你既然捡烟头，网吧里烟头当然比外头多啊。就从这一点破绽，陈公林便怀疑他。得知他寄住在姨妈家，陈公林便提议让他去派出所办个暂住证，10分钟就好。

被带到派出所，这个自称捡烟头的年轻人供了出来，抢劫案是他干的。因抢劫金额并不大，这个年轻人最终被判了6年。

陈公林所负责的夜巡保安队伍，每组四个人。如今沿江治安已经非常好了，但陈公林的队伍里没人敢懈怠。

陈公林说："我没多大本事，唯一能做的，就是保一方平安，这是自己的故乡。"

沿江的安宁，离不开像陈公林这样的人。

"我的手机从不关机"

和陈公林一起帮助小姑娘的高如萍做了近20年妇女工作，她性格豪爽果敢，沿江的不少妇女儿童都得到过她的帮助。

她曾经是沿江的妇联主任，被推荐为"寻访江苏三八红旗手精神典型人物"。对于这个荣誉，高如萍觉得，她只是做了自己的分内事。

这项工作虽然烦琐，却也始终被需要。自从接手这项工作，高如萍的手机就没关过机，她说："我要让需要我的女性在任何时候都能找到我。"

高如萍已经退休，"这20年，时间过得太快了"。1982年刚刚参加工作，她曾是厂里的出纳会计，后来又做过团支部书记、工会主席，还曾兼任过厂长。1999年，她正式当选沿江街道的妇联主席。

作为一名名副其实的独立女性，她不断迎接工作中的挑战，"刚开始妇联的工作，我是很茫然的。既然是妇联主席，我就要扮演好自己的角色，为街道妇女分忧解难，工作才能干得有价值"。

沿江有女性创业需要小额贷款，而小额贷款需要做个人资产抵押。为了支持女性创业，高如萍带头用个人房产做贷款抵押。就这样，她帮助了10多位沿江女性成功创业。

近年来，沿江街道发展迅猛，经济形势一片大好，外来人口不断涌入，人员关系也愈加复杂。在人与人的矛盾里，夫妻关系永远是最普遍的问题。如果遇到家暴，高如萍会义无反顾站在被家暴者一方。被家暴者一般都是女性，她也会劝告女性一定要独立自主，无论人格尊严还是经济地位，不要完全依赖男性。她的教导感染了许多人。

夏天的某个深夜，熟睡中的高如萍突然接到一位女士的电话，哭诉丈夫正在家暴她。高如萍立刻起床，联系民警一同前往调解。

高如萍事先了解了这位女士，常年没有工作，经常和外地打工的丈夫发生矛盾。现场发现，原来这位女士用刀把丈夫的肩膀划伤了。高如萍对她说，妇联维护女性权益，但前提是合法权益。这么一说，这位女士自知无理，火气也消了，事后高如萍也多次上门劝解，让这个小家庭的矛盾得到了缓解。

她形容自己，常年像陀螺一般高负荷旋转，"近20年，妇联工作得到各级党委和政府的肯定和妇女姐妹的支持、信任，我觉得非常有成就感"。

高如萍已经离开了妇联主席的岗位，但仍希望不是终点。如果人们需要她，她还会为沿江女性出一分力。

社区美食家

宋阿姨是扬州人，穿衣打扮优雅讲究，说起话来轻声细语。她从扬州来到沿江，是10年前的事，原本只想小住一阵，帮女儿带带小孩，没想到这一住，就不想走了。社区里的人亲切地叫她"宋阿姨"，她做的红烧鱼和扬州狮子头，是社区一绝。

她笑着说："我家老老小小都吃惯了我的菜，外面的菜都觉得不好吃。"

宋阿姨说，自己小时候不会做菜，家中老老小小17口人，她是最小的女儿，扬

宋文妹

州人叫"老姑娘"。直到结婚后才开始学做菜,跟着菜谱学,跟着电视学,有时也去别人家偷师,没想到从此爱上了厨艺。宋阿姨的先生曾经是位工厂厂长,工人聚餐都不愿去饭店,跑来家里,想吃宋阿姨做的菜。

江苏电视台综艺频道举办厨艺大赛,宋阿姨拿了第二名,让社区里的人都认识了她。复兴社区请她来讲厨艺课,一到周末,宋阿姨便购买食材,在社区教室里教一道菜。她说话时夹杂着扬州话,清清淡淡,但会把每道菜的要点讲得清清楚楚。

她的课,常常人头涌动。扬州狮子头、红烧鱼、清蒸鱼、炒腰花、红烧日本豆腐……社区里的人常常催她,宋阿姨,这周又教什么菜呀?

宋阿姨做菜有自己多年摸索出的经验。拿最简单的洗鱼来说,也有诀窍:要把鱼洗干净，就得刮干净鱼鳞，用盐抹一遍，给它按按摩，过一会儿，用刀一刮，一层黑粘液就下来了……

  但凡向她请教美食的问题，她都会毫不吝啬地给人讲解，在她看来，吃得好是幸福生活的基础。

  疫情期间，烹饪课中止了。宋阿姨给家人做饭，仍然每天不重样。她不仅在意口味，还在意食物的美，摆盘、搭配，每天都在创新，人们称宋阿姨是"社区里的美食艺术家"。社区里有个美食群，她做好的菜经常分享在群里，每天都有许多人响应，可见吃货们的黏性有多强。

  对宋阿姨来说，分享美食的时刻十分美好，热爱生活的人总不会缺席。宋阿姨在沿江找到了自己的归属感，也奉献了自己的热情。而社区的人们也因宋阿姨，多了无数生活的乐趣。

  沿江人多为外来移民，没有排外意识，对新来的人也相当包容。一滴水滴落河流，就成了河的一部分。无数宋阿姨，来到沿江，融入沿江，也成了沿江的一部分。

「长江守望者」

YANGTZE RIVER WATCHER

　　沿江的城市是浪漫的，江水承载着历史，记录着城市的变迁，润养着城市中生活的人。南京是江苏省唯一跨江的城市，也是长江流入江苏的第一座城市。长江翻涌而过，在南京城里留下了长达190公里的干流岸线。

　　一个以"沿江"命名的街道，体现了它之于南京的位置。在这片土地生长的人，世世代代与长江紧密相连。

建设绿色长江

周阿姨走在江堤上，明显感到沿岸绿色更多了，周边风景也更美了，"要是能看到江豚戏水，可就更好了"。

除了长江，沿江还有大大小小17条河，小小的街道片区，河网密布，其中很多都直接流入长江。江水与居民生活非常紧密，像周阿姨这样关切长江的沿江居民并不少见。

在江北新区的带领下，沿江坚持"共抓大保护、不搞大开发"的理念，让长江岸线湿地得到很好的保护，环境也有了极大提升。不久的将来，这里还要实现"最美的岸线"的愿景，成为市民休闲、观景的好去处。

沿江地区的大型企业，也面临着巨大压力。为了推进沿江环境优化，沿江街道近年来不断整治、关停、搬迁企业，对腾挪出来的地块开展环境生态修复，对自然湿地、野生动植物资源，特别是鸟类的栖息地进行了抢救性保护。

10年禁渔，也是沿江扭转长江生态环境恶化趋势的重要举措，并且常态化开展专项整治排查工作，确保辖区无长江禁捕水域水产品。

经过多年的保护与修复，沿江的自然生态环境得到很大改善。江岸公园面貌焕然一新，湿地率大大提高，国家保护动物江豚的数量也有所增加。除了江豚，其他野生动植物的数量和种类也在不断增加。

沿江人无不期待，一批湿地公园、绿堤装点下的沿江，必将水清鱼跃，柳绿花红，成为长江边上一条翡翠生态长廊。

沿江 奔流

YANJIANG BENLIU

长江也会发脾气

长江虽美，却也有"发脾气"的时候。2020年盛夏，一场史无前例的汛情席卷了长江中下游地区。

汛期的夜晚，京新社区的江堤上，73岁的陈志远正在巡查江堤，周围一片漆黑。此时，江水已经淹没了堤外的江滩，直抵长江大堤下。从晚上7点到早上7点，12个小时，这段堤坝上有7个人值守，每人至少要在1.4公里长的江堤上巡视4个小时，走六七个来回。

这个7月，江苏全省汛情非常严峻，全域站点超警戒水位，水位不断刷新历史记录，牵动着沿江人的心。

汛情就是命令，伴随着全市防汛应急响应的启动，沿江街道迅速完善预报、预警、预案体系，落实人员、物资、后勤保障，充分发挥党员在防汛中的模范带头作用。党员干部带头，奔赴一线，开展拉网式巡查，用战时姿态筑起防汛"安全堤坝"。

负责水务工作的丁文才说，防汛的日子里，街道全体人员取消休假，下沉支援各个社区的防汛工作。在重点区段，储备了大量沙包、水泵、编织袋、应急灯、电缆、桩木等防汛物资，由党员干部、网格员、民兵、志愿者等组成的防汛巡查队伍，时刻关注水情变化，对堤防、水库、涵闸等设施进行不间断巡查，部分危险地段拉起警戒线，严密布防，以保障人民群众生命财产安全。

陈志远不是孤身一人，大量沿江居民与他一起自发值守，在江堤边巡逻。"水位线持续上升，我们再去背水坡巡一遍"，深夜是最为艰难的时刻，人易犯困，蚊虫叮咬，雨后路面湿滑。70多岁的老党员郁文远看到防汛形势严峻，主动请缨加入到防汛大军中，丝毫不惧夜间值守的艰苦。

站在江堤边，微风徐徐，听不见江浪声，只有蚊虫发出的嗡嗡声。长江大堤京新段原本有一条路，已经完全被水淹没，监控等设施几乎过半淹没在水中。

老人打开手电筒，弯下腰，借光仔细检查草丛中的每一处，确认是否有土坑，土坑里的积水是浑浊还是清澈。老人们的经验是，巡查堤坝最重要的是看背水坡，积水浑浊的话，极有可能有渗漏情况，得重视；如果是清水，情况略好，但也不可大意，不能放过每一个土坑。

老同志防汛经验多，带领年轻人一边巡堤，一边传授防汛经验，新时代的防汛技术加上土办法，事半功倍。

守护长江，守护家园

章灏在巡山查险途中，和父亲章文明不期而遇。这竟是汛期以来父子俩第一次相见。

平时，这对父子坚守在各自的党员责任区，难得一遇。章文明是南京全新城市管理维护中心的员工，汛期负责处理责任区域的危险树木，疏通清淤路面积水的下水管道，巡查河道，及时关注水位变化。章灏是路西社区的工作人员，负责全面摸排辖区内丰收河、侨谊河、龙南河、学府渠及友谊水库的水位变化，关注山体易滑坡路段、小区地下车库排涝、居民组老旧危房及低洼处的情况。此外，作为防汛抢险预备队的一员，他还要支援兄弟社区的巡堤查险。

由于连续降雨，龙王山、梅花山、鸡头山部分树木倾斜，存在安全隐患，若倒塌将危及居民安全。当日，章灏赶往查看，正巧遇到上山消险的父亲，父子相视一笑，没有过多寒暄，对山体情况熟悉的父亲领着儿子直接上路。

下过雨的山路不好走，每一步都要小心翼翼，章文明走在前面，拨开杂草和树枝，为儿子辟出一条路，章灏则在后面用健壮的身躯做父亲的安全后盾。父子俩相互保护，相互协作，沿途将危险树木全部锯断处理，消除了隐患。

章文明说："作为父亲，我不希望他有任何危险。作为党员和退伍军人，我全力支持并陪他冲锋陷阵。"

防汛期间，像章文明和章灏这样的例子数不胜数，称他们为长江守望者，一点也不为过。沿江人为故乡付出心血与精力，不仅出于责任，更是出于对家园的赤诚之爱。

沿江街道党工委书记倪志钢、办事处副主任李永浩在防汛点上

沿江街道办事处主任余梁和社区同志了解防汛点汛情

防汛工作人员正在清理被上涨的江水冲到岸边的水草和漂浮物

社区工作人员用砖块标记水位，查看水位上升的速度

防汛志愿者用小喇叭宣传，请大家远离水体，禁止垂钓

「用心书写爱」

WRITE LOVE WITH YOUR HEART

去过黄勇生家做客的人，都会被他用心打点的居所所打动。这处两层复式空间里，连带阁楼，处处洋溢着温暖厚重的书香气息。前两年，黄勇生一家还被推选为江北新区书香家庭，可以说名副其实。

《清正廉洁》黄勇生

黄勇生在家里的书房里练毛笔字

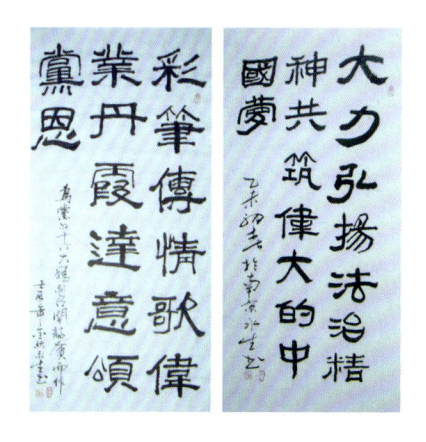

天堂就是图书馆的模样

黄勇生家里，住着祖孙三代五口人，抛去生活必需品，家中花心思最多的就是书房了。参观他家书房，是一件十分有趣的事。

书房里的一点一滴都有自己的逻辑。书柜紧靠墙壁，摞满黄勇生和儿子平日看的书。书桌上悬挂着毛笔，一侧是中医穴位图；另一侧，靠墙牵起一根绳，用小夹子夹着几叠写好的毛笔字，折得整整齐齐，却没有束之高阁，而是等待下一张写满的宣纸再挂上来。虽说只是写作草稿，也让人觉得，他是个爱惜之人，善待旧物。

另一间书房，笔、纸，其他文具和篆刻工具分门别类，挂在一根沿墙的杆上。杂志整整齐齐，按期数排在杂志架中。样样物品如教科书般整齐地收纳着，严丝合缝，条理清晰。窗口一角挂着几把五颜六色的雨伞，倒垂着，像在晾干又像是几朵盛开的大花，给书房许多色彩，却毫不突兀。更多的空间，依然是留给写得满满当当的宣纸，纤细的毛笔和大量的书籍。

小桌上有一两只印章，一问才知，他平日也在这里练练篆刻。黄勇生从柜子顶上掏出一只方形小盒，里面放了些简单的篆刻工具、小小的石料、刻着一半自己名字的印章。他的举动显得敬重，小物品们也紧挨着躺在盒里，妥帖安静。

黄勇生说自己还在学习，刻得不好。他一一打开给大家看，对自己的爱好不羞涩，大大方方。阳光从旁边一扇窗洒进来，小小的印章就活了。

他对家里另一大贡献是养花。二层阳台上，常年绿植环绕，芦荟、仙人掌、三角梅、吊兰……三四层花架堆满了植物，让家里也充满生机。像收纳文具一样，黄勇生也将花肥、喷壶、除虫剂一样样包好，有模有样地收纳起来。

通向阁楼的楼梯窄而悠长，特意营造的灯光让这条路显得有些神圣。楼梯尽头是一整幅书法作品，走到跟前，左转，才发现一个隐秘的世界。从脚下到天花板四面墙都堆满了书，其间，电脑、投影仪、音响、空气净化器、茶桌一应俱全。房间每个角落都给人惊喜。

在这间房屋里工作学习的人，大概是可以一整天不出屋的。阁楼是黄勇生家的最顶层，同时也是这栋楼的最顶层，不禁让人想起博尔赫斯那句名言："如果有天堂，那里应该是图书馆的模样。"

把爱传递给大家

黄勇生爱写字，也爱摄影，过去在部队里就是文艺骨干。他做过通讯员，期期板报都是他来写，后来他又成为电影放映员，在当时可算是千里挑一。

小时候看样板戏《红灯记》，铁路扳道工李玉和是共产党员，在日寇占领时期，和师母李奶奶、师兄的女儿李铁梅，组成了一个没血缘关系的家庭。黄勇生有深深的共鸣。他也有一对没有血缘关系的爷爷奶奶。奶奶是安徽籍，早年靠小买卖为生，日本人屡次烧杀掳掠后没了生活着落，黄勇生的父母便接济她，带她回家一起生活。爷爷则是位老革命，算是黄勇生父亲的同事，晚年也被黄勇生父母接回家养老。

作为社区的党员志愿者，黄勇生每年春节前，都会免费给居民们写春联

和热心书法的朋友们办起了公益书法班

　　黄勇生说:"父母给了我很大影响。从部队到地方再到退休,我总感到自己要做点事情。爱心不应该只局限在家里,如果别人需要,也要做些力所能及的事。"

　　黄勇生的儿子大学毕业后留在南京工作,多年之后,在江北新区成立了自己的公司。黄勇生退休之后,就来到沿江,一边带孙子,一边继续练习书法。

　　2017年,黄勇生和几个同样热爱书法的朋友一起办了个书法班,没想到吸引了许多对书法感兴趣的社区居民。

于是，每周日下午，从1点半到3点半，3点半到5点半，黄勇生和他的朋友们带两个班，学员从小学生到退休老人都有。3年下来，书法班平均每年教课有200小时。老师的队伍也在扩大，从3人扩大到了5人。大家彼此信任，相互配合，学员越来越多，但5个老师的共同原则是免费教课，永不收费。

黄勇生说："学习书法的人各种各样，但有一点是共通的，他们对中国文化有感情，对我做的事情也很认可。我觉得自己就是个普通居民。大家有缘走在一起，以玩儿为主，不希望大家有压力。"

在书法班，也有些让黄勇生难忘的故事。2019年夏天，一位中年人走进黄勇生的书法教室。这位中年人姓甄，他展开一张叠起的宣纸，上面密密麻麻写满1000多个毛笔字，小心翼翼地递给黄勇生，请他指点。

聊起才知道，这位中年人是从河南来南京打工的建筑工人，酷爱书法。他不赌钱，不打麻将，也不喝酒，有点钱就去买宣纸。外面的书法班很贵，自己工作很忙也没有时间。来沿江工作几个月，他一直各处打听，哪里有收费便宜的书法班。黄勇生被他的精神感动了。这位中年人跟着黄勇生学习书法两个月，进步很大，后来工程结束回了河南老家，但在社区的书法群里，还会和大家一起探讨。

在黄勇生的书法班，每天都在发生新的故事：有坐不住的小朋友突然爱上了传统文化，还有孤独的老年人收获了爱情。黄勇生讲起书法班的故事，意犹未尽。

他的教学方法是，因人施教，取长补短，用平等的方式跟大家探讨。这里不仅传递知识，更是学习传统文化的桥梁，黄勇生是这座桥梁的建造者和守护者。

「人总要有所追求」

ONE HAS TO CONTRIBUTE

在长江边散步，林维洲走得相当快，把同行者甩在了后面。

林维洲曾经是南京钢铁股份有限公司的技术骨干，如今已经退休五六年，依然身强力壮，像个小伙子。他一边走一边指，哪里是他童年常去的江滩，哪里是防汛时自己巡逻过的大堤。

沿江是林维洲的家乡，他亲眼目睹这里翻天覆地的变化，心里充满感恩。他关心路上的一草一木，石块挡在路上，他要搬到路边去；遇到垃圾他要捡起来，揣着走一段，扔进垃圾桶。作为沿江人，他总觉得要为故乡做点什么。

最大的诱惑

林维洲人生的高光时刻，毫无疑问是2014年7月31日，他被评为全国先进工作者、劳动模范的时候，在北京京西宾馆的隆重会议上，林维洲被人社部、中国钢铁工业协会颁发了奖章。

33年的青春岁月，林维洲奉献给了轧钢事业。有人为他算过一笔账，31年间从他手中调试、生产的钢材达100余万吨，相当于宿迁南钢金鑫轧钢公司4年产量的总和，足以建设10个"鸟巢"。

林维洲得奖，没有人感到吃惊。在几十年的技术工作中，他绝对是南钢攻坚克难的头号人物之一。别人做不出来的活儿，他总能拿下。

这背后，当然蕴含着大量的艰辛付出。在家人的印象里，他是个工作狂，常常在吃饭时还在琢磨技术上的难题。他有随身携带笔记本的习惯，吃着饭突然有了想法，也会在本子上记一笔。

1978年，林维洲毕业于沿江中学，在家务农。1983年，南钢在当地招工，20岁出头的林维洲踌躇满志，跨进了南钢大门。

上班第一天，师父就交给他一套工具：大铁锤、油标尺、千分尺。师父说："以后，这就是你吃饭的家伙，要爱惜。"手上沉甸甸的工具，似乎比别人的分量更沉一些。师父教的他一开始看不懂，但是好记性不如烂笔头，林维洲从那时就用笔记本记录要点。靠着那股刻苦钻研的劲儿，他很快就成为厂里的技术骨干。

林维洲印象很深，当时圆钢还没实现量产，在试产过程中，有一道工序是将椭圆形钢轧制成圆形，这道工序需要进行圆盘调整，这是圆钢轧制成材的最难关口。圆钢试产初期，技术分析会从早上开到傍晚，多个班次的调整、尝试，但产品始终没有通过成品出口。那次试产是南钢产品结构调整的一次试水，南钢上下及各分厂的目光都聚焦在成品试验上，这种压力如泰山压顶。

老领导知道林维洲的能力，让他来攻克这一难关。他对着近千度的钢坯测量料型尺寸，调整导卫、压下量，满头大汗。大家都要准备放弃时，林维洲突然反其道而行之，在成品最后一道工序中采用反圆盘调整，方法成功了，成品轧机顺利产出合格产品。这件事之后，林维洲成了厂里的"技术明星"。

这样的技术难题每年都会遇到很多，在多年的轧钢工作中，为他举办的庆功宴也不少。但获得成绩和关注并不是林维洲的目标，他的目标是解决问题，"难题对我是最大的诱惑，解决难题，给我带来巨大的成就感"。

他热爱这份事业。临退休前，他曾一遍遍抚摸手中的千分尺，回想当年自己打造第一件物品的时候，师父手把手教他怎么看图纸，拿着油标尺、千分尺去测量物件。轧钢工作听上去枯燥，但在他看来，却是有温度有压力、有型有样、有品有格的事。图纸只要放到他的面前，不出一个小时，在他的小锥子、千分尺、油标尺等工具下，一件成品就能成型。

新时代的轧钢工作越来越智能，在林维洲看来，技术工人也一定要紧跟时代，学会将高科技与自身经验结合，才能继续进步。他退休时，毫无保留地将自己的技术心得传授给年轻工人，希望培养出一批改变世界的能工巧匠。

发挥余热

"沿江的变化可大了，生活非常有奔头。"讲起沿江的生活，林维洲脸上洋溢着满满的幸福。在林维洲家的窗前，他说，过去这里只是一片芦苇荡，夜里看不到

林维洲和他获得的荣誉

什么灯火，如今高楼大厦建起来，现代化社区让生活非常舒适便利。

他回想起1983年刚进厂时，分下来的福利房是53平方米，期间搬了两次家，房子面积越来越大，如今这套房有115平方米。家里住着6个人，林维洲夫妇、儿子和儿媳妇以及两个孙子，其乐融融。

从技术岗位退休，林维洲丝毫没有放松对自己的要求，"人总要有所追求，即便年龄大了，也应当给故乡发挥余热"。

早先小区环境不太好，他便进入小区物业工作，耐心引导，该怎么扔垃圾，怎样提高居民素质，他都当成自己的任务。谁家有什么问题，他也尽可能地去帮助。他说，好的环境得靠所有人一起努力。

在林维洲看来，沿江需要更多人来建设，也有足够的包容力留住这些人，"这块土地是温馨的、讲道理的，不管外地人还是本地人，沿江人不排外，来了就是一家人"。

「一位老人和一条河」

AN OLD MAN AND A RIVER

沿江面积不大，却承载着30多万人，任加芝是其中一个。他生于沿江，退休后依然居住在这里。

10多年来，鱼塘上建成立交，桑田里崛起高楼，任加芝这样的老居民是这场巨变的见证者。他们默默关注着自己热爱的水土，用点滴行动守护着沿江的青山绿水。

任加芝获得"南京好市民"称号

好管闲事的热心肠

任加芝曾经是物理老师，退休后依然闲不住。他不仅书教得好，还有很多兴趣爱好，特别是中国传统书法，写得一手好字。

他发现，社区里有很多居民都喜欢书法，于是组织社区爱好书法的青少年，还有流动儿童、困境儿童以及孤寡老人，定期在沿江街道京新社区天润城二级服务站和旭日上城二级服务站开展免费书法课堂活动。每周四下午2~5点，书法课风雨无阻，从不间断。截至目前，任加芝的免费书法课堂已经开办300多期，得到小区群众，特别是外来务工人员的称赞。

闲不住的任加芝经常参加街道和社区的志愿服务，曾被社区选为环境整治监督员。每次散步时，他都会特别留意周边的环境卫生，发现问题，及时向相关部门反映。

作为民间河长，巡河成为任加芝生活的一部分

关心下一代工作委员会也给任加芝一个任务——禁止未成年人进网吧，任加芝也多了一分惦记，不时去辖区内的网吧转一转，督促网吧负责人留心。

"自觉不自觉地，我都愿意多做一点事。交给我的任务，我也尽量保质保量地完成。"热心的任加芝远近闻名，他的"好管闲事"，让他获得了"南京好市民""南京市优秀志愿者"等荣誉称号。

最骄傲的事

任加芝的祖籍在安徽无为，老辈人逃难来到南京橘子洲（今京新社区），上无片瓦、下无寸土，靠打长工维持生计，受尽欺凌剥削。1950年土地改革，他家分得农田和宅基地，任加芝的父亲逢人就说："这是共产党给的，我享的是共产党的福。"

任加芝说，父亲虽然目不识丁，但他知道没有文化的苦处，所以拼着命也要让儿女有书读。他父亲经常跟4个儿女说："识字能改变命运""学个猪头疯，好过扬子江""落后就要挨打"。这些带着土腥味的家训，是任加芝父亲教育子女好好学习的箴言。但在那个年代，因家境贫寒，连两块钱的学费都缴不了，任加芝大哥只读到二年级就辍学了。任加芝也多次想退学，帮着家里照顾弟妹，但父亲就是不

引水河

允，甚至拿着棍棒含泪劝学。大字不识几个的父亲，再苦再难也没让任加芝和弟弟妹妹辍学。

"我是家训的受益者。我要感谢我的父亲，没有父亲的执着，就没有今天的我。我更要感谢党和国家，帮我完成了学业。小学、初中、高中、大学，一路走来，我成为一名人民教师。43年的教师岗位上，迎来送往了多少学子我已经记不清了，但是初心和使命一直伴随我的整个教师生涯。加入中国共产党是我这辈子最骄傲的一件事。"任加芝说。

至今，仍有学生不忘师生情，从外地特意来南京看望他。

最关心的事

最让任加芝牵肠挂肚的，要属家附近的引水河了。"我是土生土长的沿江人，属于京新社区，从记事起，我的组织关系就在这里。像我这样自小生活在沿江的人,看到它的变化和腾飞,没理由不想为它出一分力。"

引水河是京新人的母亲河,任加芝像其他老居民一样,对引水河充满感情。引水河为东西向河道,西端和秃尾巴河相连,东端通过引水河泵站与长江相通,全长有2公里多,最深处有3米多。

任加芝记得,在他小的时候,引水河水非常清亮,周围居民吃喝用水都来自这条河,他少年时经常和伙伴到河里游泳、钓鱼。天旱的时候从长江抽水,雨水多的时候就用水泵排出去,保证村里人旱涝保收……关于引水河的记忆,总是温暖的。

引水河,原是一条从长江引水通坝的灌溉渠,曾经流经每一户村民的农田。在城市化进程不断加快的今天,这条小河不再承担农田灌溉的使命,被规划建设成了一条景观河。如今,河岸上种满花草树木,每隔几米就有一处休憩座椅,三三两两的垂钓者正享受着退休后的闲适时光。

于是,任加芝又多了一个身份——民间河长。他关心这条河的命运,常去河边巡查,不仅自己去,也带着家人一起去,看看有没有人乱扔垃圾,有没有企业乱排污。任加芝把"民间河长"这项工作当作是党和人民交给他的任务,要一丝不苟地完成。

对任加芝来说,故乡的河不仅意味着风景,还勾勒着儿时的念想。对故乡深沉的爱,都融进了对这条小河的呵护中。几十年来所经历的艰难困苦、潮起潮落,沿江从小乡村摇身变成现代城市,任加芝的那个原乡梦依然没变。

从这条河,他追忆着过去,它同时流向更美的未来。

不将今日负初心

2021年是任加芝从教师岗位退下来的第十个年头。没有彷徨和不适，他在党员志愿者的岗位上快乐出发。他用大把的时间和精力，为社区志愿服务做出贡献，践行着一名共产党员为人民服务的初心。

保护环境，他是民间河长；森林防火，他是护林员；文明出行，他是劝导员；社会服务，他是志愿者……14000个小时的志愿时间，见证着他在志愿服务岗位上每一个脚印和每一滴汗水。

他说："这是我与初心的最美邂逅。"

「余热温暖人间」

THE RESIDUAL HEAT WARMS THE WORLD

　　她叫伍苹芝，今年61岁，来自旭日社区。她是一名土家族党员，也是一名退休教师，更是街道红沿宣讲团的一名宣讲志愿者。

　　令她自豪的是，她加入中国共产党已有28个年头。自成为共产党员的那一天起，她坚持传播党的声音，把学到的新政策、新知识教给学生、好友、同事还有亲人。虽

伍苹芝积极参与志愿宣讲服务活动

然已经退休，但她从来没有忘记入党时的誓言。她深知作为一名党培养多年的老党员，即便退休了，也要始终以党员标准严格要求自己，到合适的岗位继续发挥余热。

作为旭日社区的居民，她一直关心和支持社区开展的各项工作和活动。2016年，她随子女定居南京，便开始了自己"新沿江人"的志愿服务生活。五年以来，她始终如一，不忘初心，不计回报，将社区志愿服务工作做得有声有色，多次被街道和社区评为优秀志愿者。在党史学教工作中，她先后开展了八次巡回宣讲，从紫金山巅到三尺讲台，从烈士陵园到市民广场，从长江堤岸到小区院落，用实际行动践行着"离岗不离党，离休不褪色"的初心。

植树节，她到旭日社区参加社区组织的植树节活动，给参加活动的青少年们讲植树节的由来和意义，让文明的种子根植在少年们的心田。2021年党员冬训知识竞赛，她积极参与，九期题目一期不落，坚持答题，成绩突出，在"沿江E家亲"榜上有名。

"一条游船劈开南湖的波浪，十几个热血青年在运筹一个红色的理想……"在旭日家园的广场上，她给党员和居民们讲南湖那艘红船的故事，和大家一起重温党的光辉历程；在巍峨的紫金山巅，她和街道的党员同志们用一首《没有共产党就没有新中国》来表达对党的感谢；在翠柏森森的雨花台烈士陵园，她给旭日社区的党员们讲孔繁森的勤廉家风；在窗明几净的二十九中课堂，她给孩子们讲共产党员的红色故事……。

炎炎夏日，她守护在引水河边，顶着烈日巡河、护河；冰天雪地，她抡着铁锹和辖区的年轻志愿者们一道在小区里破冰铲雪。在创建全国文明城市行动中，她坚守文明护岗岗位。五年来,她以一个普通党员诚挚朴素的情怀在志愿宣讲和服务的路上播撒爱党、爱国的种子。

她几十年如一日,一直行进在志愿服务的路上。

她说:"我深爱着我的祖国,深爱着我的家乡,深爱着我的第二故乡——沿江。从2016年,我随孩子居住在这里,我就爱上了江北这片温馨的土地,爱上了这里几十万勤劳善良的人们。我要用我人生有限的余热为胸前的党徽增光添彩,让党徽永远在心中闪光!"

CHAPTER FOUR

善治

第四章

> 我们要做智慧城市运营，不是把数据放在仓库里，也不是放在各个单位里，而是要把数据运营起来，让城市服务贯穿出生、教育、就业、婚育等全过程，从而提升城市居民幸福感，让城市变得更美好。

—— 中国科学院院士
李德仁

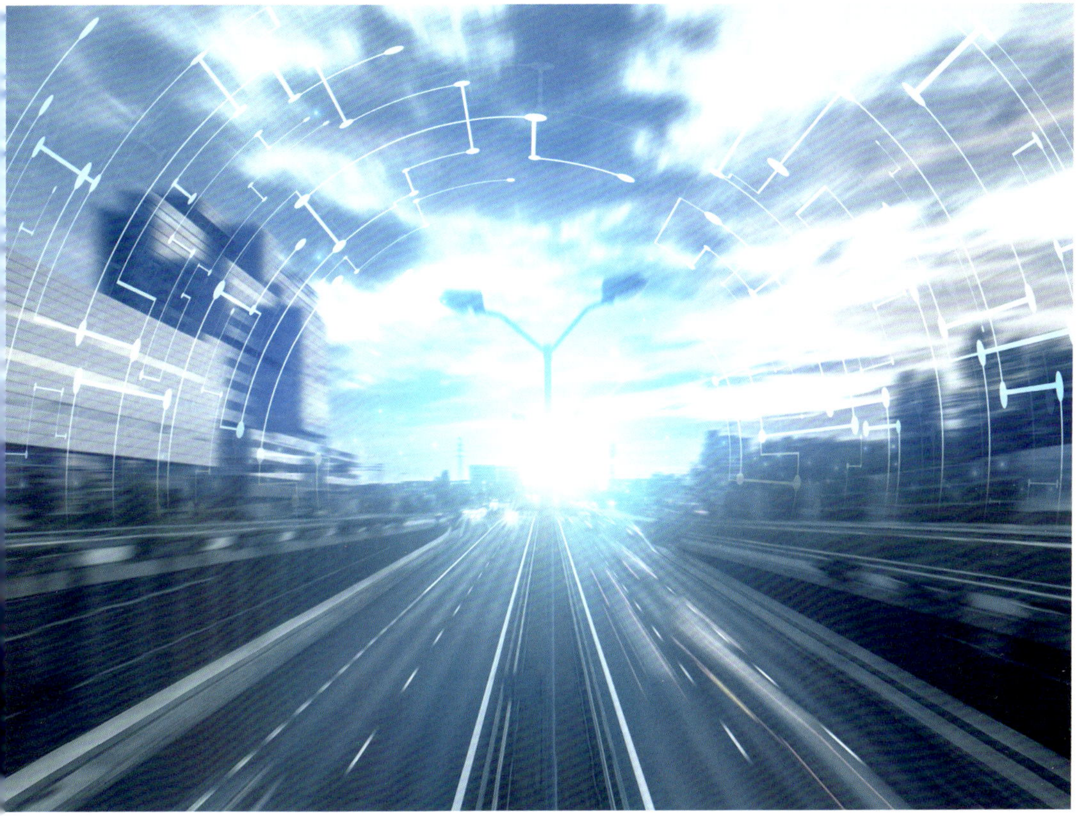

"家门口的智慧城市"

SMART CITIES ON YOUR DOORSTEP

未来的智慧城市什么样呢?

首先,有着无处不在的监测、感知、计算、响应与维护系统,真正实现万物互联、可知可感。其次,随着数字孪生技术的应用,每一条电力线、变电站、污水系统、供水线、应急服务系统、Wi-Fi网络、高速公路、安全系统、交通控制网络都将形成数字孪生……

这不是科幻电影的剧本,而是江北新区沿江街道的智慧城市蓝图。

数字孪生城市第一城

简单来说，智慧城市就是运用信息和通信技术手段监测、分析、整合城市运行核心系统的各项关键信息，对包括民生、环保、公共安全、城市服务、工商业活动在内的各种需求做出智能响应。其实质是利用先进的信息技术，实现城市智慧式管理和运行。

从某种角度上来说，智慧城市是信息化社会发展到一定阶段的必然产物。随着5G、物联网、云计算等新一代技术的广泛运用，中国各大城市均开始智慧城市建设的探索和实践。江北新区作为国家级新区，是中国重要的科技创新基地和先进产业基地。2019年以来，江北新区致力打造"最极致的服务"和建设"最智慧的城市"两个目标，推进系列智慧城市建设项目，力争到2025年率先建成全国数字孪生第一城。

在此背景下，坐落于江北新区核心区的沿江街道，通过城市智慧系统管理和运行，改善城市痼疾，促进城市社区和谐、可持续地成长。渐渐地，大数据、互联网+、爱社区APP、积分兑换券……这些新兴名词逐渐成了沿江老百姓挂在嘴边的词汇。

过去，沿江水质监测面临水域分散、治理难度高等问题，随着5G时代的到来、物联网技术的应用，一部手机在手，随时随地掌握巡河管河情况，实现河流、设施、人员、事件的精准定位，并能按图索"迹"，通过高清视频回传进行河湖巡检和信息采集。

沿江 奔流

沿江街道指挥调度中心

"通过河长制河湖管理系统,可对全区水体及周边环境实现全覆盖、全监管,能在第一时间发现、处置、解决相关环境问题。"沿江环保水务组成员丁文才打开APP,演示着后台的监控界面。

智慧城市,不仅仅是技术

这是一款神奇的APP,是沿江百姓共同的"朋友圈"。

拿出手机,打开"爱社区"APP,老百姓可以一键了解社区资讯,便捷完成物业缴费,各种服务功能更是触手可及。APP将政务服务、志愿服务、物业服务、公益课堂等各类事务有机组合起来,社区管理井井有条,居民生活便利度大大提高。

5年前,IT经理魏正茂正是看到基层治理难推广、难普及的痛点后,突然冒出了想法:"如果用互联网技术渗透到基层社会治理,那很多问题岂不是迎刃而解了吗?"

如今,这款"爱社区"手机APP,已经成为社区居民生活的一部分,很多居民每天都会打开这款软件使用。通过爱心志愿换公益积分,成为沿江人的新时尚。"公益积分特别有用,可以兑换免费课程、洗车券,还有家政服务,非常实惠。"居民王大姐感慨。

在大屏幕上,小区进出口人员数据、视频监控、屋顶监测画面……每一个数据都在实时更新变化。"通过这个大屏幕,就能对整个沿江进行360度的直观了解。"

沿江 奔流

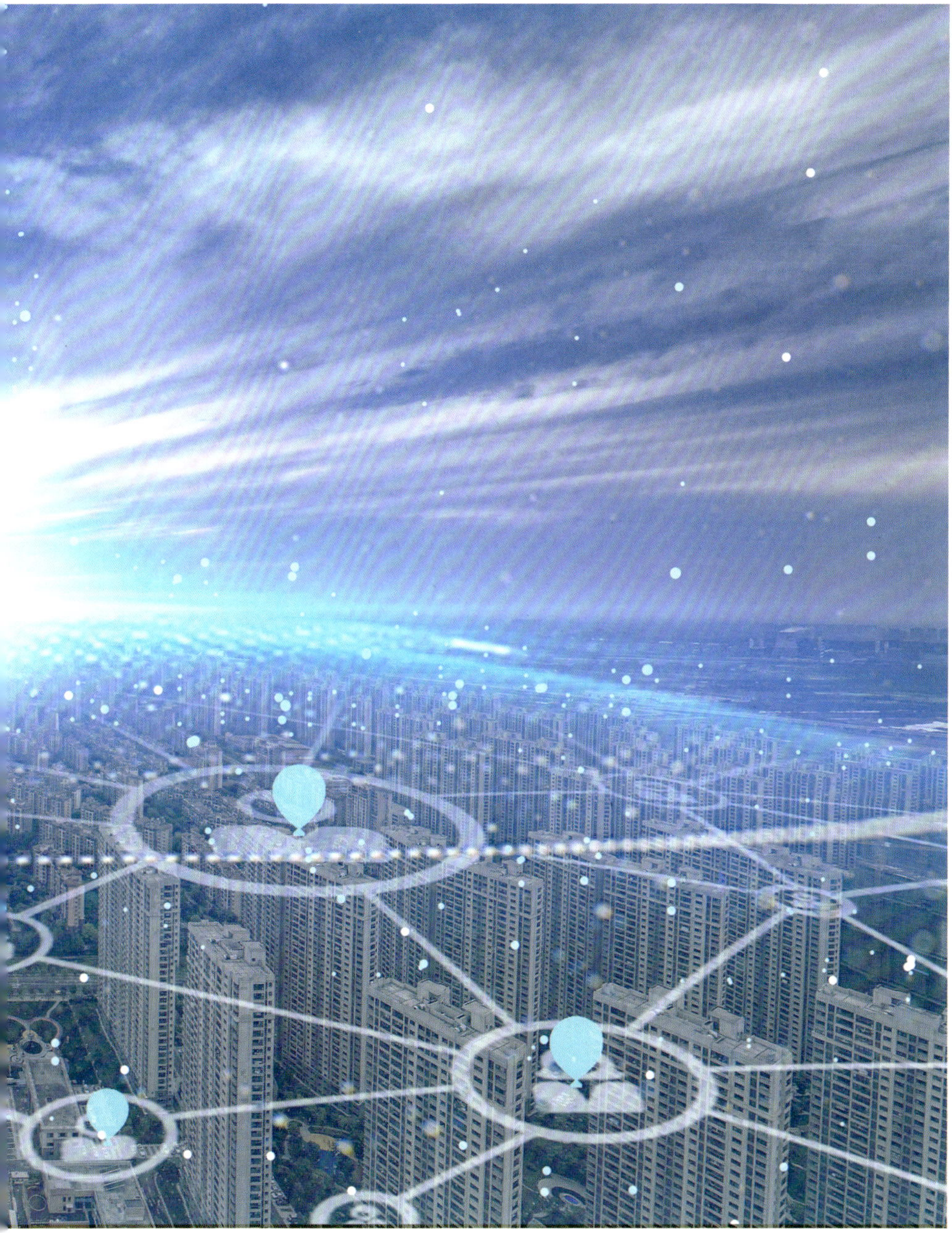

爱社区APP应用截图

  一名社区网格负责人自豪地展示，"天润城13街区2幢西门口有一处油烟扰民，请网格员及时处理"。在复兴社区智慧小区平台的大屏幕上，一条预警信息在闪烁。

  系统在自动生成感知事件报警后，几乎同一时间，复兴社区天润城13街区物业公司收到了详细的地理位置和预警要求。

"我们的预警信息由计算机智能算法自动发送,一旦有问题就会马上处理。"未来,随着系统的开发和完善,治理平台系统自动感应、自动推送、及时处置,第一时间发现、解决可能出现的安全隐患,将城市管理中的风险降到最低,推动社会治理从应急处置向风险管控转变。

针对城市治理中的各种复杂情况,沿江持续展开一系列探索与创新,以平台推动基层社会治理,借助智能化技术实现执法自治,实现了"治理"到"智理"的突破。

"有事就找网格员"

SMART CITIES ON YOUR DOORSTEP

作为智慧城市建设的重要环节，城市网格化治理是在智慧城市全面提速建设的背景下产生的新型城市治理模式，是将网格作为城市基层治理的基本单位，运用数字化、智能化技术推动城市管理创新，加快城市管理由传统管理方式向网格化治理模式转变。

沿江街道办事处

沿江街道党群服务中心

网治新格局

随着城市的发展，沿江辖区内出现了天润城、北外滩水城、朗诗未来街区等超大型小区，新沿江人的加入为沿江发展注入了巨大活力，也带来了诸多管理问题。

过去，小区居民遇到问题，往往不知道找谁，就算找对了人也不知道何时能落实。"我们这个新小区没有业主委员会，遇到事情只能打12345。"许多沿江居民都有这样的感慨。

如今，沿江正借助网格化治理模式，推动智慧城市发挥出更大作用。沿江不断拓宽大数据时代的社会治理新路径，探索"网格+网络"治理模式，在省、市社区治理一体化平台和新区城市治理一体化平台的基础上，自主创新沿江街道城市运营中心（IOC），建立起沿江独有的指挥调度平台。

沿江街道城市运营中心分为三大板块，设置8个功能模块，通过平台的运用，网格员不仅能进行信息采集上报、排查分析、问题受理、办理反馈等纵向业务管理，市民诉求处置中心还能进行任务推送、督办监察等垂直跟踪管理，同时社区网格工作组还能进行组内成员之间的联办、协办的横向协同管理，形成网上流转与线下办理同步操作的立体管理模式，以大数据为有效支撑，建立起沿江社会治理一站式智慧平台。

网住居民心

每天晚饭后，家住沿江天润城小区的王小敏一家就会全体出动。王小敏跟爱人是教师，习惯饭后到街道文化站看看书。每到周二、周四下午，还会带着孩子去上书法课，享受精神上的"盛宴"。王小敏的公婆则会去小区广场上散步，遇到跳广场舞的队伍，也会即兴一舞。

对目前的生活，王小敏十分知足，"我们虽然是外地户籍，但在这里真的感受到家一般的温暖"。

出门忘记带伞、充电器，就去为民服务中心；遇到不懂的政策、办事流程，还去为民服务中心。在服务大厅，除了配备信息引导台、便民服务箱、群众休息区、轮椅、雨伞等服务设施，还设置了健康服务台，居民可以自助量血压、测身高体重。在触屏电脑前，还可以浏览科普网页。

每到周六，天华绿谷小区的老人就会去物业那边理发。自"驻益家"项目运行后，天华绿谷小区物业处还增加了代办服务，甚至居民的医保服务、生育服务证明等材料都可以直接上交物业，由社区人员统一收取，办理好后再通知大家去物业拿。

2020年初，王小敏就发现在辖区南浦路、百润路、泰冯路、滨江大道等主要

江北新区沿江街道启新社区10号网格员 胡志鹏

路段的显著位置多了4个网格工作站。自去年起，江北新区"网格＋警格"融合试点工作在沿江率先开展。通过公安专业巡防、网格员日常巡防、干群警民联合巡防叠加融合，社会治安重点地区和突出治安问题取得明显实效。

王小敏眼中的沿江，不仅有繁华都市圈，有生态宜居的公园、完善的公共服务配套，还有网格化治理网络体系，让一家人足不出户就能享受到便捷服务，切身体会到实实在在的好处。

网联鱼水情

"有事找小胡"。这是启新社区居民们的第一反应。

被居民惦记在心上的小胡，是江北新区沿江街道启新社区10号网格员，他所管辖的网格区域涵盖北外滩水城九街区1-11幢、易买得商业中心、二十九中柳洲东路分校、贝特幼儿园，涉及居民717户，商户118家。

自2018年底入职沿江成为一名网格员，两年多时间里，胡志鹏是居民口口称赞的贴心管家：他做事用心，认真宣传解疑，是118家商户通讯录里的常用联系人；他暖心护学，风雨无阻，是孩子眼中的腼腆哥哥；他善于学习，从未懈怠，是同事身边的榜样力量。

熟悉胡志鹏的人都知道，他是一名经历海疆16年淬炼的老兵。参加基层社区工作以来，他始终坚持冲锋在前，在服务群众中擦亮党员底色，先后获得2019年浦口区优秀民兵营长、2020年4月江北新区网格之星等荣誉称号。

2020年除夕，当胡志鹏看到工作群里让工作人员立刻到社区参加疫情摸排工作时，他没有一丝犹豫，放下手中的碗筷，叮嘱妻子晚上不用等他，穿上外套直奔社区。此时，门边上还放着一包行李和两张当晚发车的火车票。

街道在全域范围推进网格工作组建设以来，胡志鹏带领网格工作组的成员一起学习业务知识，提升办单能力；开展各类活动，展示网格员风采；通过凝聚组团合力，将矛盾化解在网格，把问题解决在一线，成为了居民口中的热心小胡。

2021年年初，一面写着"网格调解办实事，社区服务暖人心"的锦旗，送到了启新社区。送锦旗的张先生感谢小胡，在他遇到困难时不遗余力地给予帮助，"上次他来我家，看我郁郁寡欢，了解到我因为没有劳动能力，付不了物业费被告上法院。他主动帮我协调，减免了部分费用，我真的很感谢他。"

位于路西社区天花绿谷的美邻·乐life网格体验中心，充分展示当前社区网格化社会治理工作成果，建立起"党组织建平台、社会组织参与、社会资源支持、社

胡志鹏温慰社区老人

区居民受益"的服务模式。

  街道整合物业用房、治安岗亭、二级服务站、党群服务中心等建设全要素服务站，为群众提供各类人性化便捷服务，有效解决了社区联系服务群众"半径过大、触角不长"的问题。

  贴心的基层社区服务，让居民生活更加舒心、更安全。

「甘为孺子牛」

WILLING TO BE A WILLING OX

　　上班是9点，陈婷往往要提早一点来到社区打卡签到。她在手机端工作平台上查看了今天的任务，权衡一下轻重缓急，一天的工作计划就在脑海里列出来了。

　　若是没有紧急情况，陈婷会一如既往地在小区里巡查，哪里有垃圾，哪里有安全隐患，她都要迅速用手机拍照上报解决。每个边边角角都要巡查到，包括网格范围里的商铺，安全隐患、矛盾纠纷在第一时间发现最好，早发现早解决。接着，她按计划走访孤寡老人家庭，她要求自己拜访得频繁一些。社区每一户人家，每一寸草木，陈婷比这里的居民还了解。

陈婷随身带着的工作笔记本，记录着群众反映的大事小事，谁家漏水和楼下居民起了矛盾，谁家噪音太大被人投诉，谁家违规停车，谁家老人不方便外出需要帮助……包括失业、残疾、患病等各类居民家庭情况，她都事无巨细地记录在本子上。

作为一名沿江街道的社区网格员，陈婷的网格内有五六百户居民，常住人口近2000人。

如今沿江的城市网格化管理，已经比较成熟。辖区内按照标准划分为单元网格，通过加强对单元网格的巡查，建立起一种监督、处置相互分离的管理和服务模式。为了主动发现问题、及时处理问题，加强政府对城市的管理能力和处理速度，将问题解决在居民投诉之前，就少不了像陈婷这样直接面对居民的社区网格员。

近两年，一个新鲜词"大数据+网格化+铁脚板"跃入江苏人的眼帘。陈婷说，网格员就是这个铁脚板。沿江每个社区都很大，有的达到1万多户，过去居民到社区办事走路都要20分钟，很不方便。网格化社会治理工作开展以来，社区的网格服务站就建在小区里，人们下楼就可以办理。如果是特殊人群，陈婷还会提供上门服务。

网格员的工作包罗万象，涉及居民生活的方方面面，面对老百姓的咨询，既要做政策宣讲，还要排查安全隐患，解决矛盾纠纷。各个政府部门的各项工作内容，也常需要网格员的配合。

收获感

2009年，陈婷刚刚大学毕业，正值南京市招聘第一批大学生社工。陈婷走进了社区，成为一名别人心目中的"居委会阿姨"。她性格乐观而有耐心，善于和居民打交道，用她的话说："当初选择这份事业的原因从没改变过，帮人解决问题，在人困难时帮人一把，我自己很高兴，也很有价值感。"

2018年，江北新区招聘社区网格员，陈婷通过考试来到沿江街道，成为一名专职网格员。在这之前，陈婷已经做到了党委书记的职位，被人们问这样从头干起是否有心理落差，陈婷说："我觉得没区别，在哪里都是为人民服务，在什么岗位都是在为家乡做贡献。"

辗转许多社区，陈婷帮助过的人数不胜数，她坚持用行动和服务来获得居民的信任。她发起爱心联盟行动，鼓励大家为无业困难家庭捐赠儿童衣物；还帮助行动不便的居民跑腿代办业务。居民家里柴米油盐的琐事若是搞不定，咨询到陈婷这里，她也义不容辞尽力帮助。在她看来，居民无小事，"不因事小而不为，不因事杂而乱为，不因事难而怕为"，这是她始终信奉的原则。

11年来，陈婷的工作已经得心应手，她仍然觉得，做一名新时代的网格员，还必须认真学习，与时俱进，提升专业知识素养，精准把握各项惠民政策。

陈婷说，人的工作是最难做的，针对不同人群，要用不同方式方法沟通，才能提升服务质量；从经验中吸取教训，不断进步，才能成为合格的网格员。

沿江街道人口密集，流动性强，居民对社区服务的需求量也非常大，为陈婷的工作带来了巨大的挑战。她经过不断摸索和深入思考，提炼出"四提必知"工作法则，即提户知人、提人知事、提事知情、提情知策，努力将网格化社会治理的被动管理转为主动服务。

社区的闺女

这份工作也让陈婷感到很快乐，下网格到社区，对她来说就像回到自己家。她走在小区里，一路有人和她打招呼，像老朋友一样。

陈婷的服务对象有不少空巢老人，她印象深刻的是一对耄耋老人，儿女都不在南京。"第一次上门的时候，老人半掩着门，对我的身份也是半信半疑。"陈婷向老人自我介绍，说自己是一名网格员。老人说，我最怕网格员了。陈婷好奇，问她为什么怕网格员？老人说，网络诈骗很多呀！就把门关了起来。

有着基层工作经验的陈婷，和热心居民、楼栋长了解情况，得知这位老人即将过80岁生日，便再次上门，给老人宣传了南京政府的尊老金政策，老人还是将信将疑。

陈婷并没有因为老人的态度而气馁，隔三岔五给老人打电话，闷热的盛夏帮老人拆洗空调滤网，还通过手机平台现场帮老人办理各种手续，提供各种暖心服务。经过长期的走访，各个楼栋关于网格员的公示牌，加之媒体宣传，渐渐地，老人对网格员有了了解，终于认可了陈婷的工作。如今，许多社区居民，称陈婷为"暖心闺女"。

疫情突然席卷而来，陈婷作为防疫防控最前线的工作人员，年三十接到通知后

陈婷： 积极向居民宣传惠民政策，耐心为居民答疑解惑

立刻返岗。她用3天时间，打了800多个电话，宣传防疫要点，提醒居民做好防护，排查是否有从武汉回来的人员信息。工作中接触了一名湖北归宁人员出现发热症状，陈婷和同事只能进行自我居家隔离。因为临时被隔离，而陈婷的丈夫是户籍民警，也奋战在抗疫一线，于是他准备了两份8大袋不同口味的泡面，一人一份。解除隔离后，陈婷又马不停蹄地回到战"疫"之中，毫无怨言。

陈婷形容自己像头牛，恰好她又是属牛的，皮实肯干。她觉得这份工作需要"甘为孺子牛"的精神，这正是她的人生哲学。她所看到的沿江人，同样都有着坚忍不拔的精神。在抗疫最困难的时候，同事们加班到凌晨三四点，没有人叫苦叫累。

陈婷获得南京市最美网格员、江苏青年五四奖章等荣誉，离不开她的朴实与韧劲。她如今仍然享受在基层工作的感觉，离人更近，事事要紧。

"社区工作人员就像小巷总理一样，非常锻炼人。在我看来，这个'总理'干得好，无论到哪个岗位都可以胜任。"陈婷说。这大概也是沿江200余名网格员的心声。他们用青春和汗水，默默撑起社会基层治理的繁重工作，也撑起了30多万沿江人民的幸福生活。

网格员和街道工作人员在为居民提供服务

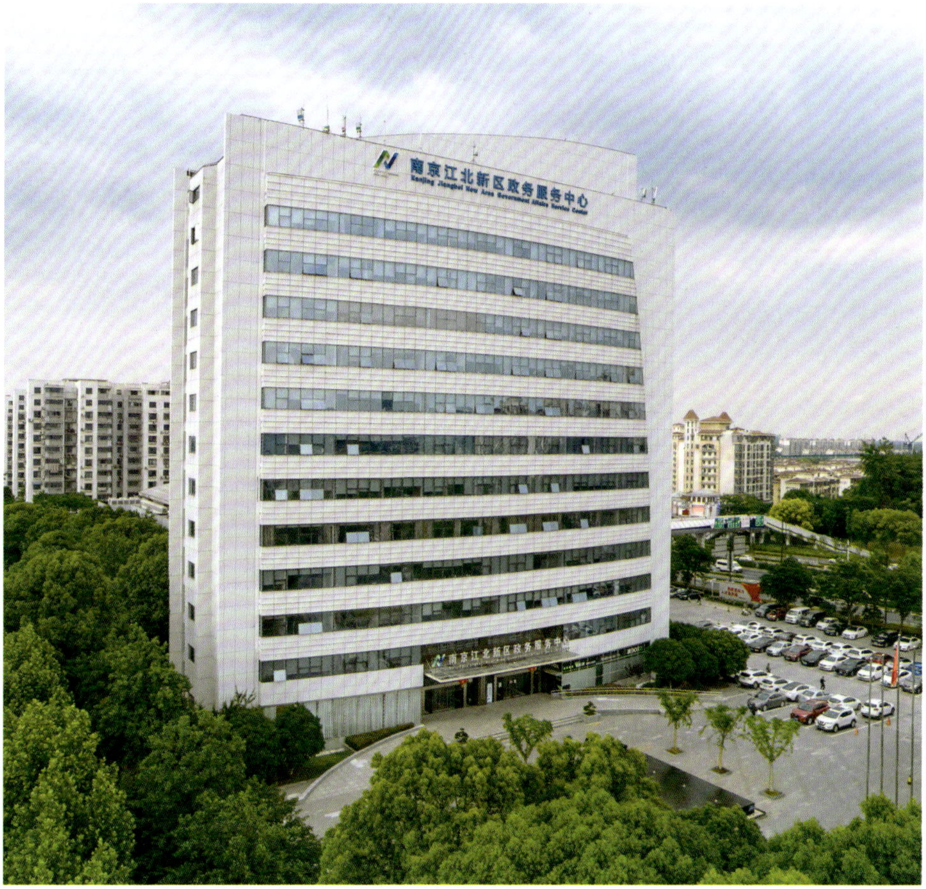
南京江北新区政务服务中心
南京江北新区政务服务中心

CHAPTER FIVE

潮生

第五章

> 所谓创新，是指建立一种新的生产函数，即在生产系统中引入一种新的生产要素与生产条件的组合，而企业家的作用就是引入这种新的组合，实现创新。

—— 美籍奥地利政治经济学家

约瑟夫·熊彼特

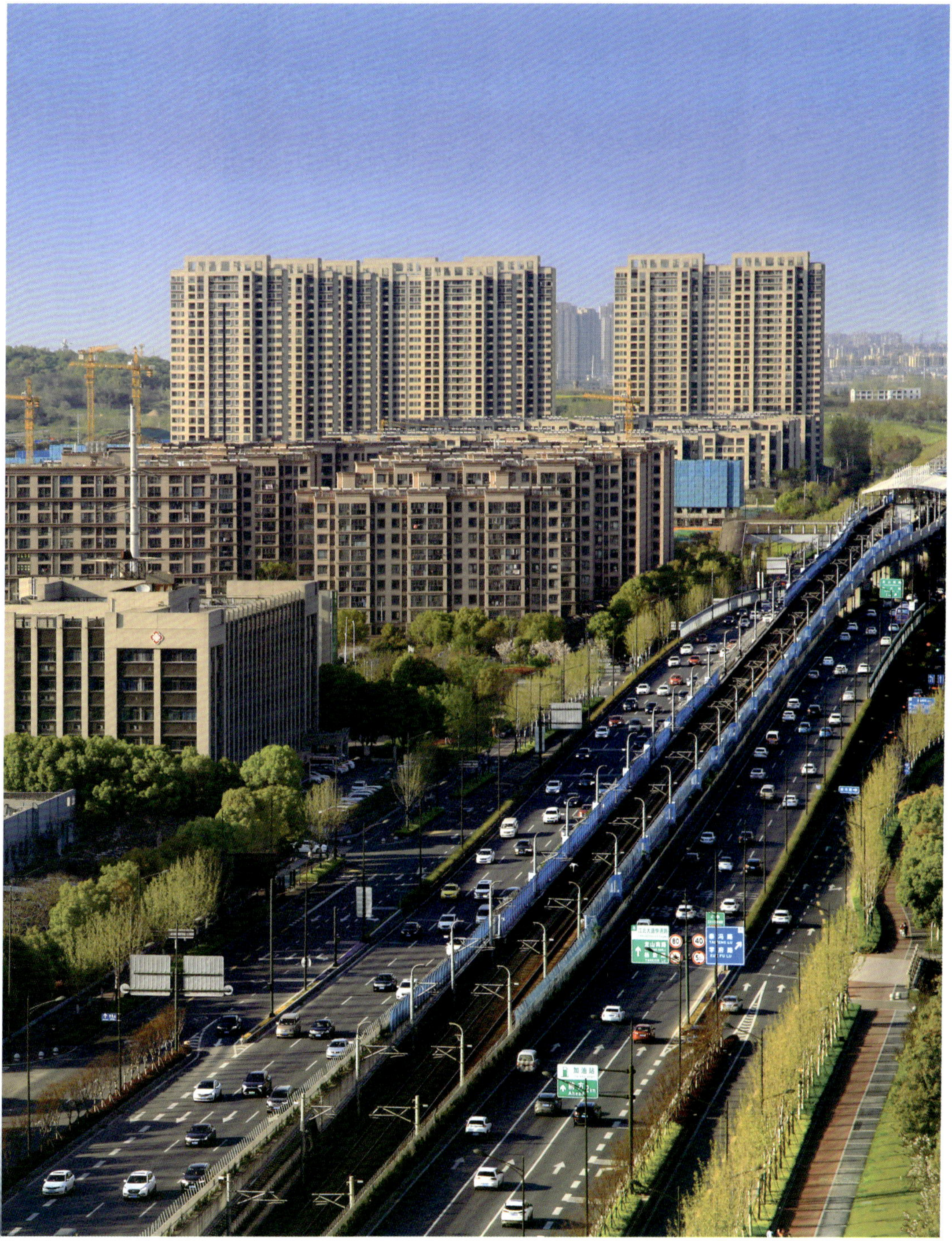
加油站

"我是宋姗姗"

I'M SONG SHANSHAN

采访宋姗姗是在冬日慵懒的午后，阳光爬入室内，一个柔和明亮的声音响起："你好，我是宋姗姗！"

与刻板印象中的女创业者不同，宋姗姗气质刚中带柔，脸上闪烁着自信的光芒，作为公益爱好者，她坚持关注女性健康，将公益服务与创业使命结合，带着兴趣做事业。

大学期间，宋姗姗颇有想法和头脑，是学生会中的活跃分子。尽管活动会占据时间和精力，但她领悟到，成功并不一定要在高大上的位置上开启人生篇章，乐于助人，哪怕是微不足道的小事，同样能找到人生方向，获得乐趣，实现价值。

怀揣这样的想法，让宋姗姗安于眼前的生活。相夫教子，又何尝不是成功的人生呢？

从身边开始

住在天润城14街区，和宋姗姗一样的宝妈很多，大家习惯于手机微信联络，吐槽家长里短，分享生活点滴。2016年某天，群里的宝妈们都在探讨产后修复的问题，也不知是谁说了一句："要是小区里有个机构就好了。"

闻者无心，听者有意。一朵小小的火苗窜上心头，宋姗姗平静的生活立刻被这股激情点燃。昔日同窗的丈夫也很是支持。说干就干，宋姗姗立刻调研市场。沿江人口稠密，年轻的外来定居者多，备孕、待孕、产后调理的女性汇聚成一个庞大群体，渴望被关注，需要得到护理。

有需求就有市场，然而创业谈何容易？宋姗姗筹钱办机构，构思运营模式，招聘员工，马不停蹄地奔波在路上。一边要照顾家庭，一边要投入事业，她恨不得把自己一劈两半。

面对棘手的场地问题，宋姗姗忆起当时的情景，发自内心地感激："是社区给了我底气和信心。"当社区听取了她创业的想法，主动提供了场地和政策咨询服务，江北新区海思女性健康关怀服务中心就这样诞生了。

梦想还在路上

做服务很难，做公益服务则是难上加难，可宋姗姗偏偏选择走一条少有人走的路，让人佩服其胆量和胸怀。

在公益课堂上，一屋子30个座位坐得满满当当，大部分都是居住在街区附近的待产妈妈。她们仔细记录着讲师的内容，不时举手提问，生产的喜悦、焦虑、担忧交织在她们心头。

"我们的课种类很多，围绕女性生产生育、产后修复的课程，深受妈妈们欢迎。"宋姗姗神色十分平静。课后，一些妈妈主动找到她，询问护理怎么收费、身体如何调养等事宜。做这行，加上本身就是母亲，宋姗姗根据每个人的实际情况，定制设计不同的服务内容，深受学员好评。

她并不单纯为了钱。做民间公益服务，也要兼顾自身运转，宋姗姗的初心很纯粹。曾经一度遇到资金困难的危机，没钱发工资，宋姗姗就咬牙做了房产抵押。而宋姗姗并不在意一时的困窘，"学会分享，才能长远"。她看得很通透豁达。

管理20多人的团队，宋姗姗要谋划好每件事。宝妈们一句"交给她就行"，就是最好的评价。创业5年来，宋姗姗始终踏踏实实做好每件事，顶层设计是她，落地执行是她，监督反馈还是她。这么用心，因为她还有更长远的梦想——建一座希望小学。

宋姗姗

　　她算了一笔账，建一所小学要几十万，现在每一笔产生的盈利刨除日常开支再扣下一部分，可能要花5年的时间。"我希望我们能做更多有意义的事情，回馈社会"。

　　宋姗姗与沿江街道、妇联等部门建立了良好的合作关系，荣获江北新区沿江首批优秀社会组织荣誉称号。

　　在沿江，像宋姗姗这样热心社会公益的机构和个人还有许多。近年来，沿江加快推进社会治理体系与治理能力现代化，大力发展街道各类社会组织，满足群众日益增长的精神和文化需求。截至目前，街道拥有超过100家注册社会组织、32个社会团体，涵盖了慈善公益、城乡社区服务、社会事务、权益维护、志愿服务等类别，在沿江社区治理中发挥着越来越重要的作用。

「在梦想的光环下」

IN THE LIGHT OF DREAMS

　　作为迅猛城市化的新兴街区，沿江以新产业、新业态为导向，集聚创新资源，加快创新创业服务体系建设，建成创业者们孵化梦想、成就自我的平台。鼎梦创业园就是这样一个让梦想成真的奇妙空间。

一开始，做钉子画只是因为好玩

三月樱花纷飞，江北樱花节非遗文创市集迎来了一位爱手作的小姐姐。她的摊位展品既有中国传统风格，又有现代时尚艺术的元素，吸引了众多游人围观。这个摊主就是黄佳萌。

初见黄佳萌，黑框镜下一双爱笑的眼睛，皮肤白皙，柔声细语，总让人产生错觉，以为她是江南水乡女子。其实她是东北女孩，性格直率。

"我也是受到国外网友启发，才开始创造钉子画的。" 一开始，黄佳萌只是抱着玩玩的心态，在简易木板上钉上钉子，做个"囍"字，再缠线、绕线，用一把钉子、一团金线，就达到喜庆的效果。她把视频传到抖音上，没想到当天的播放量就突破了2000万。黄佳萌看着一直狂飙的点击率，彻底懵了。

沿江 奔流

第一个作品收获了巨大的关注量，也给了黄佳萌创作的动力，她开始进行各类题材的尝试创作。随着不断探索，她发现，钉子画并没有那么简单——进行手绘轮廓设计，用钉子敲出轮廓，再将线绳缠绕在钉子上，通过线绳的疏密和颜色变化构成立体画作，最后形成强烈的美感和感染力。

黄佳萌还有一个身份，即抖音上拥有20万粉丝、点赞过百万的"爱手作的小姐姐"。她作品风格多变，让人以为她学过艺术，才能设计出如此风格迥异的作品，其实她大学学的是园林景观专业，只是把对美的感触和领悟延续到钉子画上罢了。

她们的眼里又有光了

走进鼎梦众创空间，远远便能听到规律的敲打声。黄佳萌工作室内，悬挂着各色创意满满的钉子绕线画，寄予吉祥好运、祈福祝愿的愿望；此外，还摆满了各种颜色的流苏线、金丝线、涤丝线，以及其他工具。

2019年，黄佳萌成立工作室，找到适合团队进驻的鼎梦众创空间。刚开始，工作室订单量维持在月均100件左右，她担心自己生产力有限，没办法把更多的精力放在设计、研究和产品推广上。

一天，一个中年妇女推门而入。她是住在附近的家庭妇女，因为长年操持家务，神情有些憔悴。她小心翼翼地问道："你们这边要人吗？"黄佳萌与团队另外几人对视一眼，当即应承下来："要，我们要人！"

这件事给黄佳萌留下深刻的印象。小区里待业的家庭妇女不少，她们或是抚养孩子，或是照顾老人，不得不从工作岗位中退下来。黄佳萌便考虑从她们中吸纳一批兼职队伍，双方都能获益。

由于钉子绕线画入门较快，进行半天培训后，即可独立进行制作。黄佳萌采取计件结算，妈妈们可以来工作室制作，也能将作品带回家，时间空间上弹性充足。上手快，时间自由，手工形式还十分减压，兼职受到小区待业妈妈们的欢迎，目前有近20人加入兼职行列。

增加了额外收入，也找回了劳动的快乐，不少妈妈戏谑说，有钱在家里说话更有底气了。

黄佳萌决定反哺社区，与社区合作成立一个社会组织，申请公益创投项目，为辖区内的待业群体进行创业服务和技能培训。

"希望在南京做一个属于自己的绕线艺术展，让更多人看到绕线艺术，让更多人喜欢这门艺术，同时让她们眼中有光。"黄佳萌想通过自己的努力，"钉"出一个斑斓的世界。

这是承载光环的地方

好的创业者与创业园能够相互成就，黄佳萌和鼎梦创业园就是如此。

作为鼎梦创业园的发起人，任华卿选择将自己的命运与创业者的命运捆绑在一起。国家、省市创业政策出台后，她第一时间组织创业者学习，符合申报条件的就积极申报。有任何活动或者"露脸"的机会，任华卿都会积极让创业者亮相，不错过任何机会。

苏北女孩身上有种野劲，倔强不服输，敢拼敢闯。来自宿迁的任华卿就有一颗男儿心。2014年，任华卿南理工毕业后，对于创业一直很有想法，加上丈夫在ebay做跨境电商工作，目光敏锐的她决定打造一个创业园，为沿江大学生和电商企业提供创业服务。

如果说创业者笼罩在梦想光环之下，任华卿坚信，鼎梦创业园就是承载光环的土地。为了帮助黄佳萌这样的大学生创业者迈出第一步，鼎梦创业园提供包括创业咨询、融资服务和办公空间等各类孵化服务。

光是提供场地也不够，鼎梦还与企业共同成长。任华卿不拘泥于场地服务，更着重完善创业服务体系的建设、孵化功能的完善。她搭建了苗圃期、成长期、发展期三级孵化体系，联络员、辅导员、创业导师三层架构机制，提供基础服务、资本

任华卿

对接、技术转化等十大服务。

如今，任华卿的梦想已经实现了部分。她仰望星空，依然脚踏实地地做好每件事："我们希望以沿江为中心，为周围有创业想法的人士提供家门口的服务。"

任华卿表示，鼎梦创业园在街道各相关部门的指导和帮扶下，始终秉承着"助力创业，托鼎梦想"的服务理念，致力于以创促创，积极加强园区建设，明确功能定位，配套优惠政策，创业孵化与服务功能日趋完善。目前鼎梦创业园已经建成一期、二期共计6000平方米的众创空间，累计孵化及服务企业180多家，并逐步成长为电商、科技、文化等领域创业人才的沃土。

站在梦想的光环之下，任华卿同样熠熠生辉。

大江潮涌

GREAT RIVER FLOOD

2021年，沿江街道成立19年。

长江如虹贯。伫立江边，北望沿岸，远处高楼鳞次栉比，街区繁华，人流如注。数十年来的发展成果，历历在目。

1949年前，沿江地区经济还是以农业生产为主，没有一家商铺，仅有棉花山根的林家槽坊、陈家洼的陈家槽坊及冯墙柏巷的林家油坊。中华人民共和国成立后，政府高度重视百姓需要，1961年组建沿江供销社。

1956年，沿江开始推进农业合作化（成立农业高级合作社），先后成立沿江砖瓦厂、沿江芦席厂、沿江农机厂、沿江化肥厂等企业，奠定了乡办企业的发展基础。进入20世纪80年代，工业企业迅猛发展，着手引进了第一家台资企业元德袜厂，第一家外资企业南京马勒公司，第一家中日合资企业三鑫公司，成立了第一家民营企业集团南京金飞城集团。

　　进入20世纪90年代，沿江地区第三产业开始快速发展。沿江街道围绕服务南钢，成立了7家劳务企业，后共同组建了沿江镇劳务公司。到1999年，私营企业已有43家，个体工商户270户，泰冯路商贸一条街初具规模。2005年，房地产开发规模不断扩大，苏宁地产等多家大型房地产公司进驻沿江，城市化进程加快，形成了现代商贸、物流等多行业共同发展、稳步增长的良好局面。

　　"十四五"开局之年，沿江的产业发展又有哪些新思路？

　　"我们的主要思路是加快制造业转型升级，依托'互联网+'实现总部功能与生产环节有效分离和无形结合；提升城市核心服务功能，集聚发展高端服务业和新兴服务业，着力推进楼宇经济，打造消费中心；积极培育文化艺术、工业设计等文创产业，打造一批具有核心竞争力和影响力的文创品牌。"沿江街道办事处副主任李昳娜说。

　　除了计划登录科创板的东屋电器，位于街道中部的产业园还集聚了一批以先进制造业为主的企业，如中昇建机（南京）重工有限公司、中泰建机（南京）机械科技有限公司、江苏三鑫特殊金属材料股份有限公司，为沿江的持续腾飞贡献力量。

　　南钢嘉华等传统产业企业为了走出粗放管理模式，使能耗、排放等多项环保指标达标，在转型改造、循环利用领域创新求变，未来还将重点发展以生产服务业、现代服务业为主的第三产业。

为了培育壮大新兴产业，沿江将以生产性服务业和社区商业为主，打造文化与科技产业综合载体。T81瑞来文化科技产业园、创新创业服务基地、鼎梦创业园将以全新的面貌展露锋芒。

沿江以改善生态环境质量为核心，深入打好碧水、蓝天、净土保卫战。截至2020年底，南京沿江绿化造林达6200亩，完成各类湿地修复3300多亩，基本建成沿江连贯的绿化生态带。

近年来，沿江重点打造天悦城、京新广场、泰徕城、1914街区等重点商业体，满足居民购物需求，丰富居民休闲娱乐生活。"十四五"期间，街道还将加强推进苏宁天御国际广场、柳洲东路地铁站商业综合体项目、路西社区市民中心项目、沿江文化中心项目等重点项目建设，积极打造一批集文化、娱乐、购物、办公、休闲等于一体的综合体项目，建成后将极大丰富居民的生活内容；同时，加快推进京新、复兴片区商办用地的规划调整，加快地块推介及招商工作，发展楼宇经济和总部经济。

新一轮城市竞争正在开启，地处国家级新区、自贸区叠加的江北新区腹地，沿江拥有政策、区位、人口、产业、市场、科研、教育等多重优势，在时代大潮中，正以系统思维谋划全局，在新技术、新产业、新模式上开疆拓土。

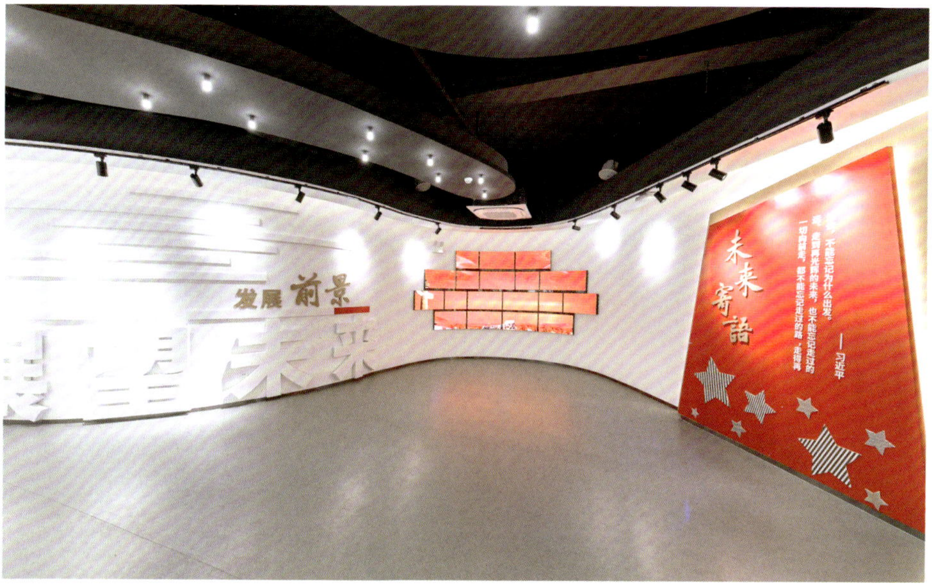
发展前景
未来寄語
——习近平

沿江 奔流

YANJIANG BENLIU

东屋电气
锁定全球梦
LOCKING THE GLOBAL DREAM

闵浩是土生土长的南京人，对故土有着深厚的感情。从1991年创办东屋电气至今，闵浩已经在创业道路走了近30个年头，一路见证了江北新区、沿江街道的迅猛发展。

"我们刚搬到沿江的时候交通还不方便，周围配套也不完善，江北人上学看病都得过江。对我们企业来说，招人也不大好招。"闵浩半开玩笑道，"甚至因为周围没有食堂，我们自己做起了餐饮。"

正如沿江筚路蓝缕，一路发展过来，东屋电气也逐渐从南京走向世界，成为世界知名的锁具品牌。在这背后，既有当家人闵浩敢闯敢拼的魄力、技术精研的精神、高效的管理能力，也有沿江人身上自强不息的精神内核支撑。

要做高端品牌，就必须在技术上引领行业。早在1994年，颇有远见的闵浩就走入智能卡电子锁的领域，成功研发出IC卡电子锁，一举打开市场。几年后，闵浩跳出框架，瞄准全球市场。在征服欧洲市场的过程中，闵浩意识到核心技术自主可控的重要性，他想在强者如林的美国高安全锁具行业试试身手。

东屋电气

UL认证,就是美国市场的敲门砖,但获得UL认证的过程极其艰难,测试包含100余个项目。完成一个产品的测试认证需要1~2年甚至更长时间,实际费用超过百万人民币。

尽管流程严苛繁琐,但闵浩仍然坚持申请,历时3年,经过4次重新设计,东屋电气于2008年11月通过UL认证,成为亚洲第一家通过UL认证的高安全电子锁具生产商。拿到美国市场通行证的东屋,开始与美国知名保险箱企业达成合作,并在美国高安全锁具市场闯出一番天地。

2013年,在历经重重困难后,东屋终于获得欧洲高安全领域权威的CEN/VdS认证,正式进入欧洲市场。至此,东屋电气成为东亚地区第一家同时获得美国UL和欧洲CEN/Vds认证的高安全锁具企业。

创业以来，闵浩感触最深的是沿江人不怕苦不怕累、拼命钻研的精神，"我们的员工愿意不断创新，根据客户需求，不计成本地改进产品"。

潘慧是一名新员工，也是一名新沿江人。她用质朴的话语讲述："我的家和事业都在这边，所以未来也在这边。"与家乡相比，她觉得沿江的创新创业氛围浓厚，"大家都很拼，无论处在什么岗位，都注重精研创新"。目前，公司现有员工约350人，其中研发人员近百人，大部分都是新沿江人。

如今，东屋电器在高安全锁具市场已拥有较高的品牌知名度。公司高安全箱柜控制器系列产品涵盖民用和商用产品以及专为政府国防部门使用的高安全产品，共计100多个品种。在国内，东屋电气与中国农业银行、中国工商银行、中国交通银行、招商银行等120多家银行和金融机构均有长期良好的合作。在国外，东屋电气的产品销往美国、欧洲、澳洲、东南亚和中东等40多个国家和地区。

在闵浩眼中，正是沿江人坚持自主研发，不断打磨产品质量，坚持做自己的品牌，最终成就了东屋电气高安全锁具的传奇。

闵浩也感谢沿江街道一路的支持："我们要解决问题，一个电话打过去，政府就帮助我们想办法、出实招，政策更是第一时间'送上门'。"闵浩坦言，正是沿江街道提供的良好经营环境，让他能够专注创新，也让公司顺利成长。

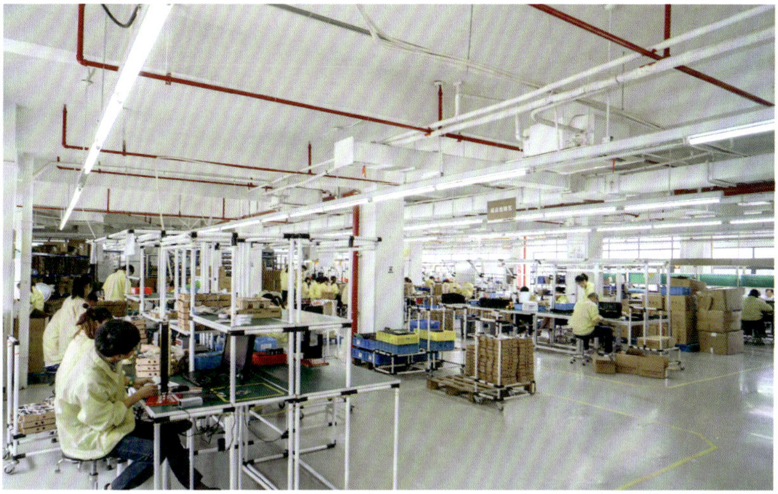

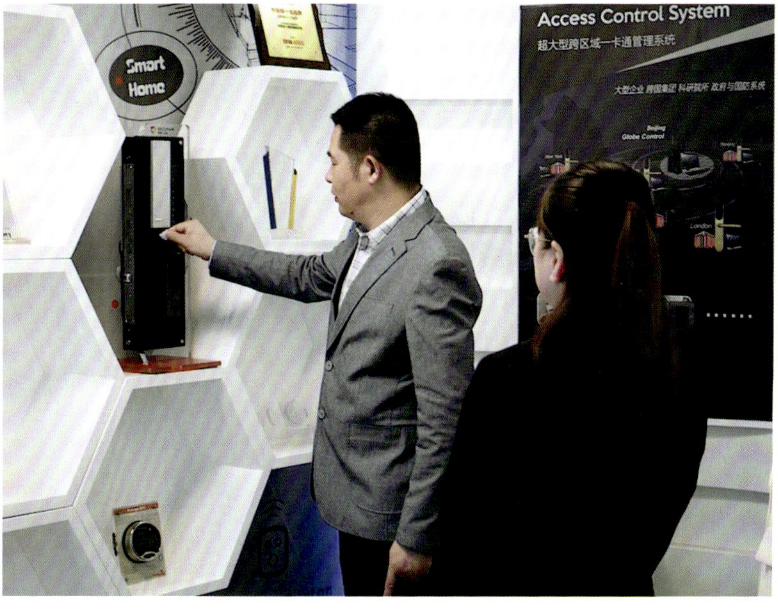

中昇建机
打破技术垄断
BREAK THE MONOPOLY OF TECHNOLOGY

"1994年,这里周边还是一眼望不尽的稻田。人们农忙之后,三三两两闲坐田间地头,常在稻花香里说丰年……"追溯过往,中昇建机总经理黄兆琦仍然记忆犹新。

并不避讳自己曾是一名货车司机的经历,黄兆琦充满感激地谈起他与企业最初的结缘。作为最早来沿江投资的台资企业家,郭中京以非常魄力开创了中昇建机(南京)重工有限公司。黄兆琦身上有沿江人的朴实、勤劳、稳重,他不断加强学习,与沿江共同成长。

早在20世纪80年代,国内就开始普遍使用大型起重机械,无论是道路、桥梁还是高楼,应用范围十分广泛。由于海外企业的知识产权壁垒,在很长的一段时间里,中国大吨位履带起重机都要依赖进口。

机遇和挑战并存,中昇建机在中国内地摸着石头过河,探索出更多可能。

但要打破国外技术垄断,谈何容易?黄兆琦深有感触:"比的是质量,拼的是价格,抢的是时间。"

起初,核心技术都是从台湾引入,后来在沿江成立了研发中心,实现了核心技术自主可控。在研发过程中,他们遇到了许多问题,但是研发团队并不气馁,突

破了多项大吨位履带起重机产品的技术瓶颈。如今，公司生产塔机最大起重量已达3200T.M，相关领域保持着同业领先水平。在国内大型基建设施上，都能看到中昇建机的各种塔吊产品。

作为土生土长的老沿江人，黄兆琦一路见证了沿江的发展变化，也深刻感受到沿江街道的默默支持。建厂初期，由于许多流程不规范，没有取得土地证；企业面临资金压力，不得不向银行贷款，问题迫在眉睫。沿江街道得知情况后，通过多方协商，解决了土地证的问题，帮助企业顺利贷到款，化险为夷。

"沿江，是一座让人来了不想走的城市。"黄兆琦的语气中饱含眷恋，"勤奋、踏实、任劳任怨，这是我们沿江人的精神。"

从受益到反哺，黄兆琦身体力行。作为一家有社会责任感的企业，中昇建机积极扶危济困，主动作为，在新冠疫情期间，捐款捐物，驰援紧急医疗物资。

随着新一轮科技革命的到来，中昇建机也在推动企业转型升级。一方面，重点投入起重机械研究中心建设，加强技术迭代升级；另一方面，在威尼斯水城建设台湾青年创意园，吸引更多优秀台湾企业家落户沿江。

沿江地区的生态和城市环境优美，现代化水平较高，具有江北新区腹地独特区位优势和发展总部经济的优越条件。未来，沿江将促进总部经济发展，努力培养一批在全国甚至全球具有龙头地位的总部企业，成为江北新区新主城发展的重要支撑。在此过程中，中昇建机无疑是其中一支重要力量。

南京马勒
创新持续给力
INNOVATION CONTINUES TO GIVE STRENGTH

坐落在沿江的马勒发动机零部件（南京）有限公司，有一个为人熟知的德国人Peter，他来到沿江已有22年之久。

身为半个中国通，Peter至今还能清晰记得，2000年4月1日他来到沿江，是公司的第一批员工，"刚来的时候，这里交通不便，路面狭窄，招工都很不方便"。22年，Peter对沿江的印象也在不断更新。

Peter负责亚太区采购、控制与产品管理工作，每天要处理大量邮件，还要进行电话视频会议，在"云端"解决各种问题。他的汉语水平能够满足简单的沟通，提到变化，一双真诚的蓝眼睛顿时充满笑意，"随着交通越来越便捷，周边绿化越来越美，每天上班心情都很nice"。

现在，他已经完全把自己当成沿江人，每次回德国的家乡，脑海中总是浮现出美丽的沿江风景，地道的沿江菜肴。独具特色的腌菜，秦淮风味小吃，盐水鸭，都是Peter恋恋不忘的美食。

Peter认为，沿江人勤奋、好学，而且学得非常快。就拿公司的新生产线来说，在德国需要长时间的员工培训，到了沿江往往只用很短时间，"中国人学习能

力特别强，效率高"。他由衷地竖起大拇指赞叹。

当问及今后的人生规划，Peter笑道："为什么要回去呢？这里已经是我的家了。"他已经全身心爱上这块土地。由于女朋友是学校教师，Peter阅读了大量中国书籍，对中国的历史文化非常感兴趣。在他的名片上，中文名叫"史俊"。

爱上一块土地，也许是因为某个机缘。

2016年，南京马勒遇到了难题。当时，发电站到变电所中间被浦仪公路隔断，眼看厂子要停产。公司负责人急在心里，刚把情况反映上去，沿江街道就快速形成专题工作小组，召开会议解决问题。

让Peter惊讶的是，浦仪公路完工之前，不仅厂区得到充足的电力保障，还收到了400万的专项拨款，新建的变电站一举扩大了产能，解决了发展的燃眉之急。之后，在Peter心目中，南京马勒与沿江的发展紧紧捆在了一起。

企业的发展离不开创新，如何让"老树"开出新花？南京马勒坚持技术研发，实施传统制造方面的改造，推行绿色化、智能化融合，全方位提升企业核心竞争力。南京马勒的坚持也换来了市场，发动机活塞缸径从55mm至130mm的产品，供给国内发动机及汽车生产厂商，每年销售额近10亿元。

随着工业4.0时代和中国制造2025的到来，对标沿江的产业转型规划，南京马勒也开始提前布局。目前，全智能发动机活塞生产线正在建设中，完工后活塞的产品和工艺将达到全球顶尖水平。

南钢嘉华
打造绿色工厂
BUILDING A GREEN FACTORY

天空碧蓝如洗，道路两旁花木荫翳，厂房错落有致。厂内十分干净整洁，看不到扬尘，听不到噪音，漫步厂区各处，仿佛置身"工厂花园"。没人知道，这里每天有近8000吨的固废量，每隔5分钟就有一辆卡车运入固废——在"绿水青山就是金山银山"理论指导下，南钢嘉华走出了一条绿色工厂的先行实践。

2017年1月，陈友斌调到南钢嘉华担任总经理，提起沿江，他硬朗的脸上露出笑容。

"沿江不光是在环保安全政策方面进行积极的引导，还会定期严格督促检查我们的生产工艺，安排专家现场指导，从方方面面给我们提供帮助。"感受到沿江街道高效的服务、敬业的态度，陈友斌十分赞赏。

2020年初，新冠肺炎疫情发生后，沿江街道有序推进复产复工，主动为企业排忧解难。南钢嘉华一位湖北籍员工返程时十分担心，不知道自己能否回到工作岗位，没想到沿江街道妥善解决了公司员工的隔离问题。

"正是由于沿江街道强大的支撑，我们才能安心做生产。"陈友斌表示。

生产车间内，机器轰鸣，工人们相互配合，聚精会神地操纵着各个自动化设备，把矿渣微粉、炉底渣、水泥等原材料准确配比，通过搅拌、浇注、静养、翻转、脱模、横切、纵切、进蒸压釜、坯体出釜等工艺，使这种新型水泥具有隔热、

轻质、防火、阻燃等特点，广泛应用于建筑的抗震和耐腐蚀部分，不仅达到了废物再生利用，还极大地降低了成本。

小到普通水泥混凝土工程、高性能混凝土工程、大体积混凝土工程、水工工程、海工工程，大到重载车辆道路桥梁、环境恶劣的地下基础工程，都能看到南钢嘉华生产的产品。

质量是第一生产力，更是南钢嘉华的使命目标。在陈友斌的带领下，"严格管理，保证质量，以一流的产品服务于社会"的质量方针已经深入人心。

窗外，蓝天白云下的厂房正在有序生产，陈友斌自豪地说，"我们的产品使用寿命达到100年"。

新冠肺炎疫情对实体经济造成极大冲击，推动企业绿色转型。企业寻求持续健康发展良方，显得愈加重要。对此，沿江绿色低碳循环发展"总蓝图"已经绘就，紧扣绿色发展理念，以第二产业循环经济与仓储物流产业、先进制造业为主，让一批循环利用、仓储物流等配套企业落户沿江，形成围绕南钢集团的服务企业群。

近年来，南钢嘉华大力发展循环经济，变废为宝，化害为利，把固体废物利用作为转型发展的突破口，在固废研发上探索出新路。陈友斌说，企业希望每年投入两三千万用于环保研发投入，真正打造出造福沿江百姓的绿色工厂。

沿江 奔流

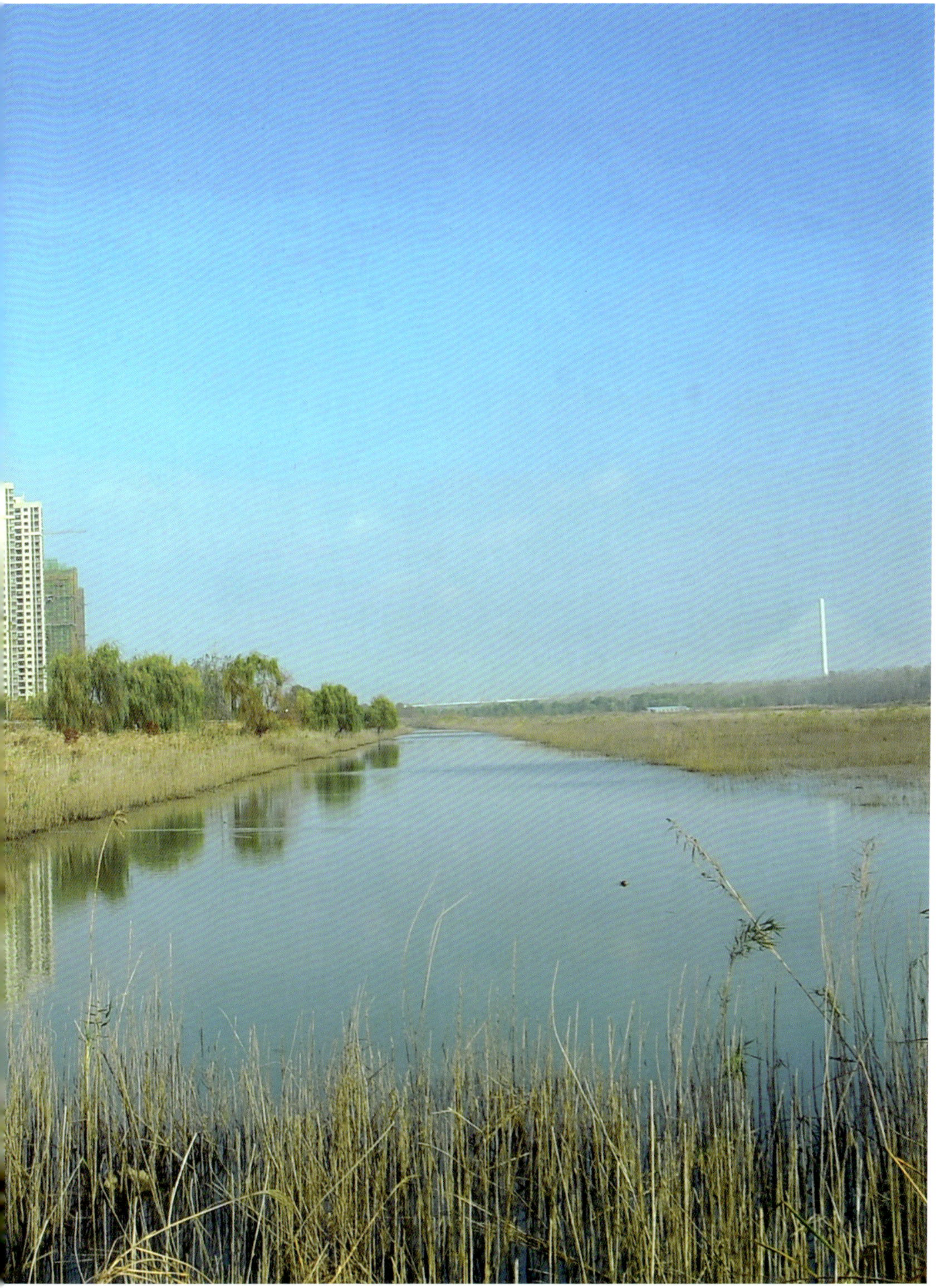

后记

从历史发展的维度来看，南京江北新区沿江街道带领沿江居民不断探索和开拓，从筚路蓝缕，以启山林，到利用区位空间优势发展经济，建设城市，再到智慧城市打造和基层社区治理，回归生态、科技、人本，最终反哺居民，经历了漫长曲折的奋斗历程。

正如习近平总书记所说："奋斗是长期的，前人栽树，后人乘凉，伟大事业需要几代人、十几代人、几十代人持续奋斗。"沿江成为经济增长强劲、环境友好、服务便捷的宜居城市样貌，是无数沿江人坚持开拓、砥砺前行数十年的结果。

这些普通人对幸福生活的执着追求，凝聚成一股顽强的力量，改变了自己的生活和命运，也改变了沿江的面貌。

今天，无论是繁华的街区还是美丽的江滩，安静的校园或忙碌的工厂，从热火朝天的车间到日新月异的科技前沿，沿江人在各自岗位上辛勤工作，认真生活，构成了新时代中国生生不息的壮阔场景。

本书以庆祝中国共产党成立100周年为契机，全面梳理了沿江城市的发展脉络，展现了沿江的历史、自然、人文和经济面貌；围绕着"幸福是奋斗出来的"的主旨，描绘了沿江街道特有的团结、奋进、温暖向上的社会图景，并从中提炼出沿江奔流不止的奋斗精神。

本书编写，几易其稿，此中艰辛，不复赘述。在此特别感谢在本书编写过程中提供帮助的人员，为他们的热情与支持，付出和辛劳。

图书在版编目（CIP）数据

沿江奔流 / 廖江莉, 易文, 郑格格著. — 南京：
江苏凤凰文艺出版社, 2021.10
ISBN 978-7-5594-6221-3

Ⅰ.①沿… Ⅱ.①廖…②易…③郑… Ⅲ.①散文集
－中国－当代 Ⅳ.①I267

中国版本图书馆CIP数据核字(2021)第160788号

沿江奔流

廖江莉　易文　郑格格　著

出　　品	江北新区沿江街道
策　　划	倪志钢　余　梁
统　　筹	沈　淼　茆延兵
编　　务	王立鹏
图　　片	任隽媛
责任编辑	姜业雨
助理编辑	张　婷
装帧设计	东　子
责任印制	刘　巍
出版发行	江苏凤凰文艺出版社
	南京市中央路165号，邮编：210009
网　　址	https://www.jswenyi.com
印　　刷	深圳市祥龙印刷有限公司
开　　本	787毫米×1092毫米 1/16
印　　张	12
字　　数	130千字
版　　次	2021年10月第1版
印　　次	2021年10月第1次印刷
书　　号	ISBN 978-7-5594-6221-3
定　　价	58.00元

江苏凤凰文艺版图书凡印刷、装订错误，可向出版社调换，联系电话025-83280257